文春文庫

きのうの神さま

西川美和

文藝春秋

目次

きのうの神さま

1983年のほたる

今、何か言った気がする。

ひざの上に開いた社会のテキストに目を落としたまま、じっと耳を澄ましてみる。けれど聞こえてくるのは、お腹をなでられるような感触の、バスのエンジンの深いうなりと、三センチほど開けた窓から、ひゅるひゅるととぎれとぎれに入ってくる風の音だけだ。

少しあごを引いたら、おでこの前に前髪が垂れ下がった。すだれみたいにして、そのすき間から運転席のほうをのぞき見ようとしたけれど、完全に目を隠すには長さが少し足りない。わたしはますます、ぐいとあごを引いた。やっぱり、匂坂さんのまねなんかして、こんなに前髪を切るんじゃなかった。おばあちゃんは、「長いのより可愛いよ」なんて言ってくれたけれど、おばあちゃんはわたしのことなら何でもそう言うんだから、なぐさめられたからと言って、安心していいわけじゃないってことくらい、そろそろわからなくちゃいけない。

先週の「日曜テスト」の日、算数の試験が終わった後にトイレに行って、順番待ちの列に並んだら、わたしの前に立っていたのは匂坂さんだった。背中の真ん中くらいまでかかった長い髪が、さらさらと音を立てるのが聞こえるようだった。

そんなに近くに寄るのは初めてだった。匂坂さんとはしゃべったこともない。たぶん向こうは、わたしの名前も知らないと思う。匂坂さんみたいな人は、毎週配られる「日曜テスト」の結果表も、一番上の五、六人を見るだけで、用事が終わってしまうはずだから。何十人という塾生の名前が並んだ下のほうに、ようやく自分の名前を見つけられる週と見つけられない週とがまちまちのようなわたしは、クラスも違う、顔も知らない人たちのフルネームを、もうずいぶんの数暗記してしまった。

結果表には、素敵な名前がとりどりに載っていた。「麗奈ちゃん」「茉莉香ちゃん」「うららちゃん」「桃葉ちゃん」……うちの小学校の名簿には、一つも見当たらないような名前。

中でも「匂坂月夜」という名前のかがやき方は、特別だった。

四週連続で結果表の一位を飾った「匂坂」という字が、わたしは最初読めなくて、帰りのバスが梁瀬町(やなせちょう)まで一緒の佐野さんに、「ねえ、『におうざか』って人、おんなじクラス?」とたずねたことがある。

佐野さんは歯列矯正の金属が、ツタのようにからみついた歯をむき出して、シイシイと笑った。そして「でも国語の角田先生だって読めなかったんだからさ」と言いながら、中年のおじさんが会社の部下をねぎらうような手つきでポンポンとわたしの肩を叩いた。

「サキサカさんて、どんな人」

「名前間違えられても、別に、って感じの人」

「美人？」

「ドブス」

「へえ」

「うそ。美人だよ。今、ちょっとうれしそうな顔したね」

「してないよ」

「ふふん。世の中不公平なんだよ、鳥飼君」

「そんなのわかってるよ」

「シシシ」

「〝小倉明日香〟とどっちが可愛い？」

「うーん。あたしは〝小倉明日香〟の可愛さっていまいちわかんないからなあ。あの派手さってひとつまちがえればダサいというか。やっぱり匂坂さんじゃない？　まあ、『可愛い』ってタイプでもないけどね」

バスの窓から吹き込む風に、佐野さんの鼻の下にうっすらと生えそろっている黒い産毛が、かすかに揺れていた。何だか背中がぞくっとするほど不潔に思えて、許せない気持ちになった。早く梁瀬町に着いて、佐野さんが降りてくれればいい、と思った。

〝小倉明日香〟さんはわたしが知っている塾生の中でも、特別女の子らしくて華やかな人だ。市内の有名小学校に通っているから、塾にも同じ学校の友だちがたくさん来ていて、いつもお母さんに車で送り迎えをしてもらっていた。佐野さんは小倉さんやその周りの人たちをひっくるめて、ひそかに「箱入リーズ」と呼んでいた。佐野さんが「派手」と言うように、「箱入リーズ」はみんな見るたびに洋服がくるくる変わった。

うちの村からは、市内行きのバスが二時間に一本しか走っていない。わたしは少し前までそれに乗り遅れないようにするために、学校から帰るとスカートだけぱっとはきかえて、制服のブラウスのまま塾へ通っていたのだけれど、ある日珍しくお母さんのお迎えがなかったのか、帰りのバス停に姿をあらわした小倉さんが、ふと友だちとのおしゃべりをやめたかと思うと、その輪に加わるでもなく、外れるでもなくつっ立っていたわたしの、つるんとした青白い化繊(かせん)のブラウスをしげしげと眺めながら言った。

「それって制服？　いいな。制服って、あこがれる」

それっきり今まで、小倉さんと話をする機会もないけれど、わたしはその時から、ブラウスもちゃんと着替えて塾に行くようになった。その日も佐野さんはやっぱりわたしの隣にいて、やっぱり制服のブラウスを着ていたのに、それからも佐野さんは、そのかっこうをやめる気配はない。時にはえり元に、給食のミートソースや、習字の墨汁が飛び散ったあとが残っている日もある。前は何とも思わなかったのに、自分が制服を着替えていくようになってからは、佐野さんのはいているスカートの長さや、ズボンの形のやぼったさが、だんだんがまんできなくなってきた。いつも同じバスで来ては帰るわたしとこの佐野さんが、学校も同じ、塾も同じ、何をするにも同じの、つがいのような親友なのだろう、と人に誤解されるのが怖かった。いっそ佐野さんがどこか全く別の町へ引っ越さないだろうか、と思って、お父さんは何のお仕事をしてるのかと聞いたら、梁瀬町の役場にお勤めをしながら、お家ではお米を作っているのだそうだ。「鳥飼さんのお父さんは」とすかさず聞き返されたけど、「中学の先生」とだけ答えて、うちにも田んぼがあることは言わなかった。どうしてもわたしは、佐野さんとこのバスに乗り続けなければならないらしい。

けれど結局、どの人が「匂坂月夜」なのかをわたしに教えてくれたのも、佐野さんだった。

佐野さんの言うことは、外れてはいなかった。匂坂さんは、いつも周りに友だちの輪の絶えない小倉さんのような華々しさはなく、本当に名前の通り、月明かりの下にひっそりと咲く花のような涼しさをただよわせていた。着ている物の感じも、「箱入リーズ」の甘ったるくて健康的な雰囲気とは違って、一見ひょうしぬけするような地味な色ばかりなのだけれど、見れば見るほどすっきりして大人っぽくて、それまで小倉さんたちの洋服や持ち物をうらやんだり欲しがったりした自分が、急に子供じみて、ばかみたいに思えた。ただ、小倉さんたちとそう親しくもならずにきたことだけが、わずかな救いのように思えた。

トイレの窓の磨りガラスからやわらかく差し込む午後の光が、目の前に立つ匂坂さんの髪の毛を明るい栗色に染め上げていた。わたしは思わず自分の口から吐く息を止めた。匂坂さんのような人は、わたしや佐野さんみたいな子の匂いをかいだだけで、花がしぼむみたいに倒れてしまうんじゃないか、という気がしたからだ。きつく結んだ口の代わりに、鼻からいっぱいに吸い込んだトイレの中の空気が、さらに自分を黄ばませていくようだった。

「ツッキー」

唐突に、後ろのほうで声がしたと思ったら、匂坂さんがふわりと髪を泳がせてふり返り、とたんにその視線は、がっちりわたしとぶつかった。

「ごめんなさい」

あと一秒でも、匂坂さんがわたしと目を合わせたままだったら、そう言ってしまうところだった。けれど匂坂さんの視線は、まるで何も捉えなかったかのようにするりとわたしを通り越し、声のしたほうに向かって小さく手を振ると、同時に空いたトイレにすべるように入って行った。

情けなくて、自分がみじめで、自然とわたしの視線はトイレの床に落ちてしまった。そのかたわらで、匂坂さんが「ツッキー」なんて呼ばれてるのか、と思うと、何だか安っぽくてもったいない気がした。何気なく声の主のほうをふり返って見てみたら、ショートカットのもしゃもしゃした天然パーマに銀ぶちのめがねをかけた、小山のような人が立っていた。身長も服装も、とても小学生とは思えない雰囲気で、四十すぎのおばさんのようにも見えた。ボリュームはあるけど、なぜだかちっともうらやましいと思えない、たくましいハト胸から、首だけがへんに細くまっすぐ伸びていて、ダチョウみたいだ。どうして自分はそんなふうなのに、あの匂坂さんのことを軽快に「ツッキー」なんて呼べるのか、わたしにはわからない。けれどその人はくったくなく、さらに後ろに並んだ「箱入リーズ」と算数のテストの出来具合についてさかんにおしゃべりをしていた。ダチョウは自分がダチョウであることに気がついていないのか、それともダチョウが世界で一番美しいと思って疑わないものなのか。

テストが全部終わって帰る頃になって、トイレで目が合った時の匂坂さんの前髪のことが思い浮かんだ。先々週まではあごの下あたりまであったその前髪は、すっぱりといさぎよく目の上で切りそろえられていた。うつむくと片方の頬に影を作り、寂しげで近寄りがたい空気を放っていた、あのつやつやした長い前髪にすっかりノックアウトされていたわたしは、ここ三カ月くらいの間、うちではお母さんを敵に回し、学校では知佳ちゃんや美恵ちゃんから「なぜ？　なぜ？」と毎日尋問に遭い、男の子からは「モップ犬」とあだ名をつけられながら、それでもかたくなに、命よりも大事にこの前髪を伸ばしてきたのに、まるでそんなわたしの切ないような、祈るような気持ちにばっさりとはさみを入れられた気がした。

ひょっとして匂坂さんは、わたしの気持ちを、見すかしていたのではないだろうか。わたしなんかにまねをされるくらいならばこんなもの、と思い立ったのではないだろうか。

わたしのことを気色悪いと思っているだろうか。

それともやっぱり、わたしのことなど、これまでただの一度も心をよぎったことがないというのが、ゲンジツというものだろうか。

夜になって、部屋で一人机についても全く何も頭に入ってこなかった。算数の設問を一つ解く間に、何度も引き出しから手鏡を出したりしまったり、ノートの余白に落書きをしたり、指のささくれを噛みちぎったりしている内に、時計の長針があっという間に一周していた。こんなんじゃいけない。とにかく、これからは匂坂さんの髪のことや洋服のこと、何もかも、二度とまねたりしないことにしよう、と決めた。余白に描いてしまった、どこから見ても匂坂さんに違いない長い髪の女の子の絵を、鉛筆でぐるぐるに塗りつぶし、そして消しゴムでごしごしと消してやった。急にしらけた。ばかばかしくて、やってられない。匂坂さんだって、あんなふうに前髪を切らないほうがよかったんだ。前のほうが大人っぽくて、匂坂さんらしかった。正直言って、わたしはがっかりした。あんなのは、匂坂さんじゃない。子供のする髪型だ。たいして似合ってもいなかった。あーあ、残念。かわいそう、これで、匂坂さんも、終わりだ。

けれどあくる朝、食卓についていた家族はみんな、起きてきたわたしの、まゆ毛の上まで短くなった前髪を見て、ぷうっとご飯つぶをふき出してしまうことになった。圭子姉ちゃんは手を洗面所で濡らしてきて、わたしのガタガタの前髪を押えたり引っ張ったり、分けてピンでとめてみたりと、むちゃくちゃにいじりまわし、あらゆることを試した。佐希子姉ちゃんは、当分わたしと一緒に外を歩くのはいやだと言った。お父さんは「〝司馬遼太郎（シバリョウ）〟だな。おれは好きだ」と言った。わたしが「シバリョウ」の意味をたずねる前に、お母さんが「なんてこと言うんですか」ときつい言い方でお父さんをたしなめた。わたしはついにみんなの前で泣いてしまった。六年生になってから、家族の前で泣いたのは、この時が初めてだった。お姉ちゃんたちは、ますます笑った。ぜんぶ、匂坂さんのせいだ、と思った。

じっとうつむいて、充分ではない長さの前髪を何とかそれでも目隠しにして、ちらりと腕時計に目を落とした。

九時四十八分。

停留所まで、あと二十二分。

さっきの声は、まぼろしだったのだろうか。

十分ほど前に、梁瀬町で佐野さんと、大人の人が二人降りてから、バスの中にはわたし一人が残っていた。がらんとした車内に、怒った獣の声のようなエンジン音だけがさっきよりももっと太く、荒々しく、渦巻いている。

火曜日と木曜日の塾が終わった後、この最終バスにはいつも益本のおばさんと、山岡のおじさんと、三人で乗り合わせている。二人とも、浜島市まで毎日お勤めに出ているのだ。けれど今日はたまたま祝日だから、こういう日は、最後はわたしだけになる。祝日に浜島まで買い物に出たりする人も、たいていはみんな、もう一本か二本前のバスで帰ってきてしまっているし、村で夜の九時を過ぎてから外をうろうろする人はめったにいない。わたしが塾に行きたいと言い出した時、帰りが夜遅くなることが、「危ないから」という理由ではなくて、「おかしいから」という理由で、おばあちゃんは反対をした。

最終バスが到着する十時十分に、バス停にお母さんが迎えに行く、という条件で、わたしは塾へ通うことを許された。今度はお姉ちゃんたちが変な顔をした。

「お母さんかわいそうでしょ。そんな時間に。ご飯終わってお風呂入って、お母さんだってもう休みたいって、わかんないの」

わたしが塾に通うということに対して、学校の先生をやっているお父さんが反対しないのが、お姉ちゃんたちはおもしろくないのだ。二人に言わせると、お父さんが何も言わない理由は、わたしが「末っ子だから」だそうだ。なぜ「末っ子」は何にも言われなくてすむのかという理由については、お姉ちゃんたちも説明しない。

「じゃあ佐希子姉ちゃんが迎えに来てよ」

「いやに決まってんでしょ。バカじゃないの」

「じゃあ一人で帰るよ、っておばあちゃんに言ってよ」

「何であたしが言うんだよ」

「あたしがお母さんにたのんだことじゃないもん」

「あんたが塾行きたいなんてわがまま言うからじゃん」

「何でわがままなの」

「わがままじゃなくて何なわけ。小学生がそんな夜中に帰ってくるのにつき合わせて。お金だってつかわせるんだよ。あんただけでしょうが」

「塾行きたかったの？　佐希子姉ちゃん」

「は？」

「小学生の時、塾行きたいって言ったのに、だめって言われたの？」

「言ってないし、行きたくないし」

「じゃあしたくなかったことしなかっただけじゃん。がまんしたわけじゃないじゃん」

「あのねえ、ちょっとは周りがどういう気がするか、とか考えなさいよ。市内の有名中学目指してますって顔で一年も塾なんか通うってさあ、いかにもあたしはこんな村の人たちには付き合いきれません、って言って回るようなもんでしょうが」

「こんな村の人たち、ってどんな人たち」

「わかってるくせに。あんたが見下してるような人たちよ」

「べつに見下してなんかない」

「あら。そうなの？　まあでもとにかく、他であんたが通用するといいけどね。成績がいいって言っても、ここのちっちゃい小学校での話なんだから、恥かいて、往復三時間かけてまた泣いて帰ってこられても、誰も面倒なんて見ないよ」

「また、って何。別に泣いてないもん」

「なぐさめてくれる友だちがいたら、今のうちに大事にしときなよ。あんたがもし市内の中学に行くことになったりしたら、いつまで友だちでいてくれるかわかんないんだから。誰もあんたみたいなの、いないんだから」

「佐希子姉ちゃんは、みんながしてるようにしたらいいじゃん」

「はああ。おそれ入るねえ。自分は人とは違うってさ」

　人とは違う。

　そうなのだろうか。そうだといい。けど、そんなことは、たぶんない。特に塾に行きだしてから半年、近頃のわたしにはもうよくわかる。

　それでも、人と同じは、いやだと思う。学校の友だちのことが嫌いなわけじゃない。家族のことも。村のことも。見下したりなんかしてない。たぶん。けれどこの先、全く変わりばえのしない人たちと、全く変わりばえのしない風景を見て、お姉ちゃんたちが過ごしてきた後を全く同じようにたどるのは、わたしはいやだと思っている。わたしが人と違うところがあるとしたら、そんなことをうちの村で、うちの家で、考えているところだ。いや、でももしかしたらそれさえも、この村の誰もが考えてきたことと同じなのかも知れない。

窓の外は、右も左も、寝静まった夜の田んぼが、真っ暗な海のようにずっと遠くまで続いている。ほとんど行き違う車もない県道を、バスはごうごうとうなりを上げて走り、道ばたの白いガードレールの支柱は怖いくらいの速さで後ろに飛ばされていくけれど、遠くにそびえるどす黒い山の尾根のかすかな線に目をやると、いくら走ってもなかなか山の形は変わらない。ひょっとするとこのバスは、本当は進んでいないのじゃないかと不安になった。

「りつ子さん」

今度ははっきりと、そう聞こえた。

窓外の闇に引き込まれそうになっている間に顔を伏せておくのも忘れて、呼びかけられるままについふわりとあごを浮かせてしまった。

運転席の背中は動かずにまっすぐ前を向いていたけれど、その頭上のミラーの中には、上目づかいにこちらを見る黒い光が二つ、じっとひそんでいるのが見えた。

あの人は、わたしの名前を呼んだのだ。

あの人の名前は、一之瀬時男（いちのせときお）という。料金表の下の名札にそう書いてあるのを知っている。

神和田村と浜島市内を結ぶ路線バスの運転手さんは何人かいるようだけれど、わたしが塾から帰る火曜と木曜の最終便の運転席には、決まってこの人がついていた。おじさんというには、少し若いのかもしれないけど、お兄さんというには少しくたびれている。制帽から、濡れたようなもみあげが、少しちぢれながら頬に伸びている。そんなもみあげの運転手さんは他にいないから、後ろからでもちょっと見ればすぐに区別がついた。行きのバスや、日曜日の昼間に乗る時の運転手さんたちは、どの人ももう少し年をとっているけれど、みんなはつらつとして、ほのぼのと優しい雰囲気の人たちだ。わたしたちが降りる時や両替えをお願いする時なんかには、きまって一言、二言、言葉をそえてくれるものだけれど、この人だけはいかにも子供がうっとうしい、というふうに、顔を背けるようにして、口の中でもごもご何かをつぶやいたり、時には黙ったままの日もあった。

神和田村は終点なので、停留所の先にはバス一台分の車庫と、小さなプレハブが建っており、最終便の運転手さんは夜そこに一泊して、翌朝の始発を運転して街へ出て行くのだそうだ。村人以外で神和田村に寝泊りをするのは、バスの運転手さんくらいだと、お父さんが言っていた。いったん村に入ってしまえば、もうどこへも出て行く場所がない。浜島の街に夜遅くまで灯っているビルのネオンや、居酒屋や、パチンコ屋みたいなものは、うちの村には一つもない。たった一軒、郵便局の隣に「シルク」という名前のスナックがあったけれど、そこのおばさんも腰を悪くして、何年か前に店をたたんでしまった。お父さんがお酒を飲んだりするのは、たいてい集会所での寄り合いの流れか、近所の人のお家と決まっていた。そしてそこに居合わせるのは、全員がよく知っている、ずっと長い間この村にいる人たちばかりだ。

一之瀬時男は村の寄り合いになんか来ない。村の中に友だちもたぶんいない。一之瀬時男は、バスを降りたら夜の間じゅう、ずっと一人であの古びたプレハブの中にいるしかない。わたしは一之瀬時男が苦手だった。週に何度か、夜中にひっそりと村に入って来て、朝方出て行くまで、あのいやになるほど長く静かな夜を、一之瀬時男が一体どんなふうに過ごしているのかを考え始めると、それはまるでひどく深くて、真っ黒な沼の中に頭を突っ込んだような感じがして、何だかとても、とても怖くなるからだった。

けれど実際には、村でその姿を見かけるようなことはなかったのだ。一之瀬時男は、わたしたちをバス停で降ろす時も、終点だからといって何か特別なことを言うでもなく、それまでのバス停で降りるお客に対するのと変わらないぼそっとした調子で、「ありがとうございます」に似た言葉をつぶやくと、さっさと扉を閉めて、車庫のあるほうへと発進していく。山岡のおじさんはバス停を降りたすぐのところがお家だし、わたしは迎えに来たお母さんと益本のおばさんと、車庫とは反対のほうへ歩いていくから、それきりバスがどうなるか、一之瀬時男がどうするのかを見たことがない。バスの進んで行く目抜き通りは建物の間をゆるくカーブしているので、ふと気になってふり返っても、たいていはその姿をすでにきれいに消していた。そんな時、車庫もプレハブも一之瀬時男も、本当はみんな、どこにもないのじゃないかという気すらしていたのだった。

けれどちょうどひと月前の晩、わたしはとうとう一之瀬時男を発見してしまった。

八月の、第三週の土曜日。

村の夜が一年のうち一瞬だけ、打ち上げ花火のようににぎやかになる夏祭りの日。美恵ちゃんと、知佳ちゃんと、三人で出掛けた六郷神社の境内(けいだい)、参道わきの大きな楠(くすのき)の枝にどっぷり茂った葉っぱを、重たそうに担いだ水風船屋の赤いテントの下に、男の薄い背中が丸まっていた。肌の色が透けて見えそうな洗いざらしのTシャツに、ワニの背中のように骨のごつごつが浮き出ていた。村の人たちがみんな、家族や友だち同士で連れ立って参道を行ったり来たりしている中に、その人はそんな周りの華々しさには目もくれず、たった一人、四角いブリキの水槽をのぞきこむようにしてじっとしゃがんでいた。屋台につるされたランプの光を受けて、耳のわきに伸びたもみあげが、いつもよりひときわ濡れて見えた。

わたしたちは、そのはす向かいで、綿菓子のできるのを待っていたのだ。美恵ちゃんも知佳ちゃんも、一之瀬時男の顔なんか知らなかったから、水風船屋のほうには目もくれず、おしゃべりを続けていた。わたしは二人の話に合わせるようにあいづちを打ちながら、一之瀬時男の姿を盗み見ていた。制服以外の洋服を着ている一之瀬時男を見るのは初めてだった。Tシャツの下には色あせたチェックの半ズボンをはいていて、しゃがんだ太ももに押しつぶされた生白いふくらはぎには、もみあげとよく似たちぢれ毛がびっしりと密集していた。おばあちゃんが水で泥を落とした山芋を思い出した。

最終便のバスを走らせて、お風呂にでも入った後だったのだろうか。制服を脱いだ一之瀬時男は、だらしなく、ひどく幼稚な感じで、何だか見ているだけでこっちが恥ずかしくなった。気のおけない、親しい人もいないくせに、大人一人でひょっこり他人の村のお祭りにやって来て、そんな姿を人目にさらして何とも思わない無神経さが、無性にかんにさわった。それでもわたしはその背中から目をそらすことができず、そしてなぜだか、一之瀬時男を知っていることも見ていることも、美恵ちゃんにも知佳ちゃんにも決してさとられまいとしていた。

するると突然、それまで固まったように動かなかった背中が、一瞬ぶるっとけいれんし、ぺしゃり、と水風船が水面に落ちる音が続いた。そしてそのまぬけな音とはうらはらに、

「ああっ、くそッ」

と、ひどいかんしゃくの色を帯びた、いがらっぽい声が、ちょうどおはやしの合間をぬうように響いた。

なにあれ。美恵ちゃんが気づいた。

知佳ちゃんもふり返った。

水風船屋のおじさんは苦笑いをして、一之瀬時男の手からちぎれたこよりの釣り糸を受け取ると、どれにしましょ、と声をかけて一之瀬時男に水風船を選ばせ、一つを水槽からすくい上げた。

「誰？」

「誰かの親せき？」

「でも一人だよ」

「何なの」

「何に怒ったの」

「あ、立った」

「あ」

一之瀬時男が、こっちへ歩いてきた。

指に通したゴムひもにつるされた黄色い水風船が、手の平にはじかれるでもなく、つぶされて毛をむしられた鶏みたいにだらんとぶら下がっていた。

あわてて顔をそらしたわたしたちの後ろを素通りして、となりの焼イカ屋の前で立ち止まると、はい、らっしゃい、と声をかけるおじさんにポケットからつかみ出した小銭を手渡して、焼き上がったばかりのイカを受け取り、そのままお礼も言わずに大きな口を開けてその肉にかぶりついた。裂け目からあふれ出る熱い湯気を避けるようにゆがめた口の端から、一瞬、真っ赤な歯茎がのぞいた。

わたしたちは三人とも、ぴたりとおしゃべりをやめてその様子に見入っていた。

すると今度は、突然向こうがぎろりとこちらに視線を返してきた。怖いくらい静かな目つきだった。にちゃくちゃと、口だけが別の生き物みたいに動いていた。

わたしたちは三人とも、声を出すこともできずに、ただ息を呑んだ。

「あい、おまたせ」

綿菓子屋のおじさんのその声を、わたしたちがどれだけ待ちこがれていたか。ようやくでき上がった一つの綿菓子にすがりつくように、一之瀬時男の視線から逃れて、三人いっせいに手を伸ばした。

ええい、けんかするなするな、すぐ次作るから、と変に調子づいてしまったおじさんの的外れな言葉に反論することもなく、ただわたしたちは黙って、大きなモーター音と共にたらいの中にもやもやとたまっていく綿を見つめることにした。

やがて背中のすぐ後ろを、たらり、たらりとサンダルの音が引きずられていき、甘い綿菓子の匂いに焼イカの生臭い匂いが、むう、と混じった。わたしは自分の綿菓子をなめるのも忘れて、きゅうっと酸っぱく口を閉ざし、焼イカの匂いの薄まるのを待った。たぶんわたしたちは三人とも、心の中で同じようなことを思ったはずだ。だけどそれを誰もうまく口にすることができず、そのまま、さっき見た男のほうをもう一度見ることも、話題にすることもためらってしまった。それっきり、その姿を見かけることはなく、わたしたちはまた、年に一度の夏祭りを、ぼんぼりの消えるまで楽しんだ。けれど、いつもよりも濃い闇の降りた帰り道の間も、わたしの目の奥には、一之瀬時男の長く伸びた前髪のすき間にぬるっと光った白目の意外な青さが、あざやかに残って消えることはなかった。

美恵ちゃんにも、知佳ちゃんにも、気づかれなかっただろうか。わたしたちが三人ほぼ同時に目をそむける直前に、あの、誰も寄せ付けないような、冷たくてどんよりとしたまなざしが、一瞬だけ、ゆるんだこと。

あの人、わたしがわかったのだ。

元々知り合いなんかじゃないし、あいさつなんてする間がらじゃない。夏祭りでお互いに目が合ったというだけで、どうというわけでもないのに、その晩以来、塾帰りのバスが、わたしにとってはなんだかたまらなく胸さわぎのする場所になってしまったのだ。

「りつ子さんだろ」

「はい」

鏡越しの目の光に圧倒されて、思わず返事が、口からもれてしまった。どうしてわたしの名前を知っていて、どうしてあんたがそれを呼ぶのか、とはとても聞けない雰囲気だった。

「あんた、桐靖（とうせい）女子へ行くの」

「え」

「中学校」

「いえ」

「じゃあ、伊球磨（いくま）学園？」

「まだ、わかりません」

一之瀬時男は、夏祭りの夜のことを持ち出す様子はない。

「伊球磨には、むかしうちの姉貴が行っててさ。一度だけ、学園祭に行ったことがある。

あそこの校舎は、真っ白くって、ぴかぴかで、気持ちがいいよ」

知ってるよそんなこと。

浜島まで出る用事があると、ついでにとお母さんにねだって、バスを乗り継いで、もう何度も伊球磨学園を見に行った。その校舎の外壁は、たしかに白すぎるほど白くて、目にまぶしかった。受験の日には、とにかくあの校舎の中に入れるんだ、と思ったら、それだけでじんわりと胸が熱くなった。その伊球磨学園に、一之瀬時男が足をふみ入れているなんて、何だか先回りされて見張られているようで、不愉快だった。わたしの進学のことを知っているのも、わたしの名前を知っているのも、佐野さんや、益本のおばさんとのおしゃべりを盗み聞きしていたからに違いない。いやらしい。だいたい伊球磨学園に通う人の弟が、こんな奴だなんて、信じられない。うそ言ってるのじゃないか。わたしは顔を上げ、改めるようにして運転席の上のミラーを確かめた。けれどその中には、黒い制帽のつばだけが、ゆらゆらと小刻みにゆれていた。

「おれ、まだ小学生だったから、中学生や高校生の姉さんたちが焼きそば売ってたり、お化け屋敷なんかやってたりするのが、珍しくてねえ。楽しかったな」

わたしは黙ったままだったが、一之瀬時男はかまわず続けた。

「こっちへ回る前は、伊球磨へ行く路線に乗ってたんだけどさ、他の中学生や高校生を見ても、ただのガキにしか見えないのに、不思議と伊球磨の子だけはいまだに自分より年上みたいに思えちゃうんだよ」

　鏡の中に、もう一度、あのぬらりとした目が戻ってきていた。

「来年からあんたも伊球磨の制服を着たら――」

「伊球磨には行きません」

　言葉が口から勝手に飛び出した。

「受験も、やめてしまうかもしれません」

　一之瀬時男は黙った。

「家の人も、反対してるし、他の人と一緒に、地元の神和田中学校に行きます」

「どうして」

「別に、神和田中でいいと思ったからです。外ではわたしなんか、通用しないんです。友だちもいるし、神和田にいるほうが、楽しいです」

　不思議なくらいに口が動いた。言葉が、わたしを勝手に裏切っていった。

「友だちか」

「……」

「また新しいのができるじゃないか。これまでの友だちだって、友だちでなくなるわけじゃない」

「そんなわけにはいかないと思います」

「どうして」

「そんなわけにはいかないとこだから」

「……何だよ。うそだろ」

「え……うそじゃないです」

「だって色々、やってみたいことや、見たいものがあったんじゃないの」

今度はわたしが黙った。

「気、悪くされると困るんだけどな」

一之瀬時男はそう前置きをして、少しの間考えて、話し始めた。

「言っちゃ悪いけど、あんたの村は小さくて、何をしようにも何もないよな。おれの生まれたところも似たようなもんなんだよ。つまんねえとこなんだよ。うちの姉貴、それがたまらなくて、一人で中学から寮に入ってさ。新しい友だちに影響されて、将来は医者になるとか、言ってた。医者なんて、女が。おれんちのほうでは誰も考えもしないようなことだよ。たまに帰ってくるたびに、たくさん本買って帰ったり、レコード聴かせてくれたりした。そんで、おまえも早く、少しでも広いところに出たほうがいい、っておれに何度も言って聞かせてたけど、こっちはボーッと鼻垂らしたガキだったから、聞き流してるうちに姉貴はぽこっと死んじゃったの。高校二年生の暮れ。それっきり、そんな言葉も流したきりで、思い出したのは、もう、すっかり色々、後悔したあと」

よくしゃべるのにも驚いたけど、ぽこっと死ぬ、なんて、何のことかと思った。わたしはいよいよ言葉を失ってしまった。けれどどうしてお姉さんがそんなことになったのかにふれないまま、一之瀬時男は続けた。

「休みの終わる日の夕方、おれらを置いて、寮に戻っていく時の姉貴は、毎回寂しそうだったけど、でもいい感じだったんだよなあ。考えてみれば村の外の中学に行くことくらい、別にたいしたことでもないのかもしれないけど、とにかく何でも新しいことをしようとする奴は、寂しくて、さっそうとしていて、おれはいいと思う」

「……」

「ずっと一人で塾通って、頑張ってきたんじゃねえかよ」

「……」

「お母さん、寒い日も、立って待っててくれてたじゃねえかよ。反対なんかしてないだろ」

「……」

「おれは、あんたが合格するまで、ちゃんと送り届けるのが仕事だと思ってたんだよ。伊球磨じゃなくったっていいよ」

「……」

「おれがこんなことを言い出したからか」

いいえ、と答えた。

「ごめんね。悪かった。忘れてほしい」

いいえ、ともう一度、言った。

バスが急ブレーキをかけて、シゲちゃんがひかれたのは、そのすぐ後のことだ。とん、というゆるい衝撃の起こる一瞬前、かん高いブレーキの音の中に、つかまれ、という声を聞いたような気がする。わたしはほとんど無意識に、前の座席の握り棒をつかんで、それから体はいったん背もたれに投げ出され、そして今度はさっきより大きな、地震のような衝撃と一緒に大きく前へつんのめった。バスは傾いて、静かになった。フロントガラスの先には道路がなくなっていた。

シゲちゃんは、村に一軒のクリーニング屋の息子だ。髪の毛が薄くて、長くのびた歯があちこち抜けていて、知らなければ、クリーニング屋のおじさんとどっちが年寄りだかわからないような見た目だけれど、実はまだ三十二歳なのだそうだ。村の人は、お互いほとんど顔見知りではあるけれども、そうかといってわたしたちが三十二歳にもなる人のことを、みんな、「ちゃん」づけで呼ぶというわけではない。シゲちゃんは、外見はそんなふうでも、中身は子供みたいな人だった。わたしが物心ついた頃からクリーニングの集配をやっていて、子供同士が遊んでいるところに通りかかると、配達途中の自転車を止めて、加わってきた。どんな悪口を言っても怒らないし、いつもニタニタとしまりなく笑っていて、わたしたちの言いなりになることもあった。みんなシゲちゃんを、他の大人とは違う、自分たちの友だちのように思っていて、だから、「シゲちゃん」で通っていたし、周りの大人もそう呼んでいた。

しかしどういうわけかわたしは、何年か前からだんだんと、シゲちゃんとどう接していいか、何を話したらいいのか、わからなくなってきた。みんなが道端でシゲちゃんに会った時、何でもないようにお菓子を分けてあげたりするのを見て、わたしには、こわばるような感覚が湧くようになった。何かたずねても、シゲちゃんは、ろれつの回らない舌で、ふにゃふにゃとよくわからないことを返してくるだけだったし、何かを話して聞かせようにも、シゲちゃんにわかるような話をするのは、とてもむつかしいことだった。シゲちゃんにわかるようにとか、わかってあげるようにとか、色々と気を回すことばかりで、要するにめんどうなのだ。美恵ちゃんたちと話が盛り上がっている時に出会ったりすると、その日は本当についていない、という気分になった。けれど、そう思っていることが、人に知られるのはまずいとも思った。美恵ちゃんも知佳ちゃんも、男の子たちも、シゲちゃんに対して、今までと何にも変わらない様子だからだ。わたしは、できることならシゲちゃんと一対一で出くわすようなことにはなりたくなかった。学校帰りの夕方、みんなと別れて一人で坂道を下っていると、車を運転できないシゲちゃんが、大きな柳行李(やなぎごうり)をくくりつけた自転車のペダルを、ぐい、ぐい、と重たそうにこぎながら、坂を上ってくる姿を見つけて、何度となくわたしは、脇の道へそれたり、そばの家の軒(のき)にかくれたりした。ゼエゼエと苦しそうな息を吐くシゲちゃんの声は、やはり子供の声ではなかった。

座席を立ち、ゆるやかな下り坂になった車内を、運転席まで歩いていって道路を見下ろすと、自転車と一緒に、うつぶせになった小柄な男の人の体が転がっていた。それがシゲちゃんだということは、自転車にくくりつけられた柳行李でわかった。

シゲちゃんが交通事故に遭ったのは、これが初めてではない。

シゲちゃんは、日が落ちてから、ときたま、一人自転車に乗ってふらふら出歩くのだ。村の中を回るのではなく、かならず、遠いところまで行って、帰ってくるのだった。村のあかりが届くところから外れても、シゲちゃんは自転車のライトを灯さずに走って、前にもずいぶん離れた町でオートバイと衝突した。歩いていた人をひいてしまったこともあった。いつか誰かが、いったいシゲちゃん何をしに出かけているの、とたずねたら、「パトロール」と答えたそうだ。クリーニング屋のおじさんは、シゲちゃんによく言って聞かせているそうだけど、忘れた頃にまた、シゲちゃんのパトロールは、再開されるのだそうだ。

　バスから降りた一之瀬時男は、シゲちゃんのそばにしゃがみこみ、もしもし、もしもし、と大きな声で呼びかけていた。シゲちゃんは、道路に突っ伏したまま、顔を上げなかった。

　運転席のガラス越しに、わたしはその様子をじっと見下ろしていた。

　しばらくすると一之瀬時男は傾いたバスに戻ってきて、わたしに降りて、離れるように言った。

　そして運転席に着き、ギアをゴトゴトひねっては、アクセルを踏んだり、ハンドルをぐいぐい切ったりし始めた。バスの中の蛍光灯の青白い光の下で、一之瀬時男の顔が、だんだんと赤黒くわき立ってくるように見えた。わたしは何かたまらないような気分になって、一之瀬時男の顔から目をそらし、畦にはまった前輪を見つめた。バスは周りの広い田んぼにひびきわたる、ものすごいうなり声を上げ続けたけれど、派手なのはその音だけで、車輪は、泥を散らして空回りするだけだった。

　とうとうあきらめたように、アクセルを吹かす音が鳴りやんだ。

　からり、と運転席の窓が開き、一之瀬時男が顔を出した。

　その表情はすでに静かで、落ち着いていた。

「どこかで電話を借りて、救急車を頼んでくる。一人であれだけど、この人、少し見ていてくれるか」

わたしはこくりと、頷いて見せた。

わたしはブラウスの袖を少しめくって、腕時計の針を読んだ。

十時五分。

バスから降りてきた一之瀬時男も、つられるように、自分の左手首に目を落とした。そしてシゲちゃんのそばに転がっていた自転車を起こし、少し押してみて動くとわかると、そのままひらりとまたがった。

「あんたをきちんと送るのが仕事だって、言った矢先なのに。すいませんでした」

わたしはなんだかおかしくて、ふきだしそうになったので、あいまいに、首をかしげて見せた。すると一之瀬時男も、少し口の端で、笑ったように見えた。

どこか部品が壊れたのだろう。シゲちゃんの自転車は、ペダルを踏まれるごとにガ、ガ、ガ、と激しい音を立てたが、それでもどうにか前へ進んでいった。エンジンをかけっぱなしにされたバスはじりじりと震えながら、ライトは一之瀬時男の行く道のほうをうっすらと照らしていた。やがて柳行李を載せたその姿は真っ暗な闇の中に消えた。

とうとうわたしは、最後まで一之瀬時男に、倒れた人がクリーニング屋のシゲちゃんであることを言おうとしなかった。うつぶせになったまま動かないシゲちゃんに、そろりそろりと近寄ってその場にしゃがみ、背中に指を当ててみた。ぴくりともしなかったが、その体は温かかった。

わたしの村には救急車なんてない。救急車が来るまでに、早くても一時間はかかるそうだから、そんなもの、呼ぶ人はいない。いるのは平岩先生というおじいちゃんのお医者だけだ。けれど、平岩先生も、頼りにはならない。かぜ薬を出したり、おばあちゃんたちに注射を打ったり、しっぷを貼ったりしかしない。誰かがけがをしたり、倒れたりしても、自分で何とかしようとしない。すぐに、「連れてけ！」と言って、誰かの車で街の病院へ運ばせるだけだ。

シゲちゃんは、このまま死んでしまうのだろうか。

死んだら、村の人たちは、どんなふうに思うのか。

わたしは今、死んだように横たわっているシゲちゃんのそばに座りながら、悲しいとも、つらいとも、何とも思わなかった。

わたしは目をつむって、すうっと冷たい空気を吸い込んだ。ずっと昔、みんなと一緒にシゲちゃんと遊んだ頃の記憶をたぐって、よくよくその時の楽しいことを思い出してみた。泥のだんごを食べさせても、お便所の中に落としたおもちゃを拾わせても、みんなでつつき回して死なせたカラスを捨てに行かせても、いつも笑っていたシゲちゃん。

変わらなかったシゲちゃん。……そして、シゲちゃんが、棺桶に入れられて、その周りに村中の人が集まっている様子を想像した。学校の友だちも、近所の人も、うちの家族も、みんなうなだれて泣いている。クリーニング屋のおじさんは、あきらめがつかずに花に埋もれたシゲちゃんに向かって大声で呼びかけ、一之瀬時男も、その横でがっくりとうなだれて、肩を震わせている。そんな中で、わたしも顔を覆って、しくしくと泣いている……。

目を開けると、シゲちゃんは、さっきと同じ体勢で地面に突っ伏していた。もう一度その背中に手の平を当ててみたが、やっぱり生温かかった。わたしはやっぱり、悲しいとも、つらいとも、何とも思っていなかった。

一之瀬時男はもう戻って来ないだろう。

シゲちゃんは、前に事故に遭った時も、真っ暗な道で、うねうねと泳ぐように自転車を走らせていたという。悪いのはシゲちゃんなのだろうが、悪かったことになるのは、一之瀬時男のほうだろう。シゲちゃんを殺したバスの運転手は、今頃きっと、名前も知らない街に向かって逃げ出している。

わたしはそのバスに乗っていた、たった一人の村人だ。

シゲちゃんとぶつかる直前まで、バスの中で運転手としゃべっていたということがもしも誰かに知られたら、春からは村の中学ではなく、伊球磨学園へ通いたいと思っていたわたしは、そうでなくてもこの村にいられなくなるのかも知れない。

村を出たいと思ったわたしと、その背中を押そうとした一之瀬時男は、すでにあの、夏祭りの時から村の神様に目をつけられたのだ。何にもわからないシゲちゃんがいけにえになって、わたしたちのバスに向かってペダルを漕がされた。

夜が明けたら、わたしと畦にはまったバスと、シゲちゃんの死がいだけが、ここで朝日を浴びる。わたしは足を地べたに放り出し、道路に乗っかったほうのバスのタイヤに背中を預けた。ただ思うのは、なんとなく、一之瀬時男は、誰にもつかまらず、どこかへ逃げるといいな、ということだった。

時計を見たら十時半を回っていた。

夜明けまで、あと七時間。

するとま真っ暗な闇のかなたに、死にそこなった蛍がぼんやりと現れたように見えた。じきにいくつものクラクションの音が、折り重なるように風に乗って聞こえてきた。蛍の数はふわふわと増えて、だんだんとまぶしさと光の強さを増していった。

シゲちゃん、シゲちゃん、シゲちゃん、と、わたしはうつぶせの背中に両手を当てて、思い切りゆすぶった。冷たくはなかった。わたしは力を込めて、ほとんどつぶすようにその肉を握った。シゲちゃん！　シゲちゃん！　だれか来たよ！　そう呼ぶと、シゲちゃんは一つ、いびきとも、何ともつかない息の吸い方をした。ぷうんと、シゲちゃんの顔の辺りから、お酒の匂いがただよった。

シゲちゃんは平岩先生につきそわれてその晩、街の病院へ運ばれたけれど、翌日には禿げたおでこにばんそうこうを貼って、村に戻った。ずいぶんな数の人が集まって、ずいぶん遅くまでの騒ぎになったのに、二、三日もしないうちに、シゲちゃん本人はまるで何もなかったような顔で例の自転車に乗って集配に出ていた。みんなとすれ違った時、「シゲちゃん、大丈夫ー」と誰かが声をかけても、それに応えているつもりなのかそうでないのか、ただにたにたと左手を上げて、坂を下っていった。わたしを見ても、特別何かを感じているような素振りはなかった。ただ進んでいく自転車だけが、ガ、ガ、ガ、ガ、と大きな音を立てて、あの晩のことを覚えているようだった。

一之瀬時男はといえば、組合長さんの車の助手席に乗って、あの後事故現場に戻ってきた。

倒れていたシゲちゃんをみんなと一緒に車に乗せたり、駐在さんや、クリーニング屋のおじさんたちに、起こったことを説明している様子を眺めていると、気が抜けるほどてきぱき、さばさばしていて、逃げようとしていたところを捕えられたようにはとても見えなかった。わたしがバスの中で半年間、後ろから眺めていた一之瀬時男とは、違う大人のように思えた。夏祭りの日、あの山犬のような真っ赤な歯茎を見た時、美恵ちゃんや知佳ちゃんも、わたしと同じように、ざわざわとうごめくような感覚を心にめぐらせたんだと思い込んでいたけれど、それももしかしたら、わたしの単なる思い込みだったのかも知れない。

わたしがお父さんの車に乗せられて、一足先に家に帰ろうとした時、一之瀬時男はこちらに向かって、深々とお辞儀をした。

災難だったね、あの人も。とお父さんは言い、ほんとうですね、とお母さんは答えた。一之瀬時男に対するお父さんやお母さんの言葉の穏やかさに、わたしは何となくほっとしながらも、あのお辞儀の仕方はあまりによそよそしくて、それはないよ、と思った。

そのまま一度も一之瀬時男と口をきくことはなかった。

秋が過ぎて、冬を越えて、春が近づくまでに、最終バスの中で二人きりになることはなく、やがて塾の最後の授業も終わり、その帰りに乗った最終バスでも、降りる時はいつもどおり、ぼそっとした調子の「ありがとうございます」に似た言葉だけだった。伊球磨学園に合格発表を見に行った帰りのバスは、夕方の便で、もっとおじさんの運転手さんだった。わたしは念願かなって伊球磨学園に通い始めたが、行き帰りの時間のバスを、一之瀬時男が運転していることはなかった。浜島で乗り換える伊球磨方面のバスは、同じ時刻のものでも運転手さんがくるくる変わったので、通い始めて半年くらいの内は、いつかまた、一之瀬時男と出会うのじゃないかと気にしたものだが、ちぢれたもみあげを伸ばした運転手さんは一人もおらず、そのうち、わたしは一之瀬時男のことを忘れた。

高校三年の秋、大学進学希望者がほとんどの伊球磨学園では、みんなが机にかじりついていた。卒業アルバムは、生徒主導で作るのが慣例らしいのだが、そんな役を買って出る人は当然おらず、わたしもまっぴらだと思っていたけど、結局じゃんけんで負けて、請け負わされることになった。もう一人じゃんけんに負けたのは、匂坂月夜だった。いつの頃からかわたしも、彼女のことを「ツッキー」と呼ぶようになっていた。相変わらずきれいな女だったけど、中身が思いのほかぼうっとトロくて、こういう時に役に立つタイプではまるでないから、ツッキーの負けが決まった瞬間、クラス中がわたしへの同情も含めてどっと笑った。とにかく誰でもいいから、あんたの言うことを何でも聞く男子校の人手を何人か、引っ張って来いと言うと、ええー、そんなのいないよお、ときれいに並んだ白い歯を光らせながら、とろとろと笑った。

これで受験に失敗したら、生徒にこんな面倒ごとを任せた学校のせいだと恨みごとをつぶやきながら、それでも手や足を動かすでもなく、職員室の奥にある書庫のソファーにだらりと体を沈めて、過去の卒業アルバムを順々にひっぱりだしてはぱらぱらとめくって眺めていると、植木の茂り方がまばらで寂しい校門脇の築山(つきやま)の前で撮られた、白黒のクラス写真の端に、楕円で囲まれた一人の生徒の顔と、「一之瀬和代（昭和三十九年逝去）」という文字に行き当たった。一之瀬和代の写真は、ぼんやりとしてやや見えづらいものだったが、林間学校か修学旅行のスナップから引っ張って来たものなのか、集合写真の生徒たちよりも、よほどくつろいだ笑顔を満面にたたえた、明るい表情だった。眉のところですっぱりと切りそろえた前髪が、いかにも生き生きとして、よく似合っていた。

伊球磨学園の中でいちばん古くからいるという日本史の沖田先生が職員室で居眠りをしていたので、そのページを開いて見せて、この生徒を知っていますかとたずねると、沖田先生はしばらく考えて、知っている、と答えたが、一体どうしてこの人は亡くなったんですか、とたずねると、さらにしばらく考えた後、思い出したら必ず教える、と答えた。沖田先生とも、話をしたのはそれきりになってしまった。

ありの行列

内海のわりには波が高く、船が揺れるごとに甲板にはしぶきが上がった。船室から出てここでわざわざ潮を浴びている者は、男のほかに居ない。時刻は正午を回っていた。どうやらこの便には、島の住民か、通いの用のある馴染みの者しか乗っていないらしい。

男は船酔いをするたちではなかったが、白波の立つ海のうねりにいいように弄ばれているのは、気持ちがいいとも思えなかった。運転室の壁に背中を預けて座っていたが、つかまる物がないのでいよいよ転がされそうになり、たまらず腰を上げ、六畳間ほどの甲板をよろよろと横切って、縁の柵までたどり着いた。顔を出して下を覗き見ると、藍色の水がいかにも底の深さを物語るようだった。前方には島が大分近づいている。今、ここで船が沈むなら、泳いでいくのは元来た街よりももう島のほうだな、と思った。二十五メートルプールをこの海にはめていったら、島までいくつ分になるだろうか。やっぱり泳ぎ着くのは無理か。俺の体は、浮くのか、沈むのか。メタンガスで腫れ上がった、数日後の俺の顔はどんな形相になるのか。その膨らんだ肉が俺であるということは、どういう手順で明らかになっていくのか——。流れていく海に見入りながら、すうっと膝がすくんで、あ、また、と我に返った。何か少しでも環境が変わったり、目新しいところに来たりすると、何よりもまず、「ここがもしも死に場所になったら」と仮想して種々のことを思い巡らし、膝をすくませるのが男の癖であった。突然海や川に放り出されたら、衣服は脱ぐよりも着ていたほうが浮き輪代わりになっていい、と少し前にテレビで見たことを思い返しながら、煙草に火をつけた。実のところ男は、ほとんど泳げないのである。

島の医師は、十二時半に船着き場に迎えに来ると言っていたが、船を降りて幾人かとすれ違っても、それらしき老人の姿はなかった。桟橋を進み、乗客たちの進んで行った方角へ、付いて上がろうとする男を、防波堤沿いの地べたに座り込んで漁の網をいじっている年配の漁師たちが三人、無言でじっと見つめている。あめ色の顔をした漁師たちのその射るような視線は、はるか昔、男がまだ朴訥な中学生だった時代、修学旅行で訪れた安芸の宮島のサルの目つきを彷彿とさせた。縄張りに踏み入られることに憤慨しつつ、こちらの弁当をしたたかに狙うその目とうっかり視線を合わせたが最後、耳をつんざくような威嚇の叫びと共に頭上に飛び乗られ、ばりり、と髪の毛もろともつかみ去られた学帽を、見ている前で崖下に放り捨てられた。以来男は、自分をまじまじと見つめる者が恐ろしく、また、猛烈に憎い。見られている、と思えば、自然に体がそっぽを向き、めらめらと胸の内が熱くなるようになった。

思わず鞄を握る手に力が入り、顔を背けながら足早に彼らの前を過ぎ去ろうとした。しかし人口五百人の離島である。僻村（へきそん）の噂は早い。これから俺はここに三日。よそ者を、受け入れるも拒絶するも、最初の印象によりけりか。男は踏みとどまって、彼らはサルじゃない。俺は帽子を被っていない、と自分に言い聞かせ、多少不自然でもかまわない、できる限り目尻を垂らし、口角を持ち上げ、たった今、彼らの存在に気がつきましたとばかり、漁師たちのほうにひょ、と顔を向け、陽気な声を出した。

「やっ、どうも」

漁師たちの視線は微塵（みじん）もぶれることがなく、返す声もなかった。しかしよく見ると険しく睨（ね）めつけてくるような目つきは、深くなりすぎた皺の刻みと太陽のまぶしさがそう見せているのであり、ところどころ欠けた黄色い歯をむき出している口元は、見ようによってはゆるく微笑んでいるようでもある。

「おたずねするんですが、診療所はどう行ったらいいんですかね。今日から田尾先生の代診に来た者なんですが」

誰一人、その問いに答える者はいなかった。沖からの風が叩くように吹き付けてくる。

男は何かに急かされるように言葉を加える。

「つまり留守番のようなものなんですが」

「あんたも先生か」

中の一人が、視線を定めたまま放り投げるように言った。土地の言葉は、やや上方のアクセントを帯びていた。

「ええ。ま、そうです」

するとその漁師は、べろり、といきなり赤い舌を出した。そしてなおもじっとこちらを上目遣いで見据えているその形相は鬼気迫り、男は思わず、後ずさった。これは何か。土地の表現か。俺は秤（はかり）にかけられているのか。これに戸惑うそぶりを見せたら、その時点で、上陸失敗なのか。

「アー、アー」

とその漁師は、口を開いたまま、指でだらりと伸ばした舌の縁を指し示した。

こわごわと、男が顔を近づけ目を凝らすと、そこには赤く発色した米粒大の潰瘍（かいよう）があった。

「ああ、いつからですか」

男はようやくほっとした。

「四、五日前か」

「痛いですか」

「痛いな」

「あーんしたまま、舌引っ込めて。その横っちょの銀歯は、ずっと前から？」

「銀歯はこないだ替えてもろたの。先週」

「ちょっと、合ってないのかな。次、歯医者さんいつ行きますか」

「もう行かん」

「はあ。行きませんか」

「先生、なんか薬くれや。歯医者は、もうええから」

「往復と待ち時間で、日ぃ暮れるからな。仕事にならんから」

別の漁師が付け足した。

「はあ。でもねえ、もしその銀歯がまずいんだったら、また同じところを傷つけますよ」

「ほな先生、この歯、抜いてもええよ」

漁師はそう言うと、風の抜けるような笑い方をし、じきにげほげほと咳き込み始め、咳きながら、網に突っ込んでいた腕を抜くと、目の前の通りを右方向に指差した。

「漁協の先。看板出てる」

ともう一人が代わりに言った。歯のことは田尾先生に相談しときます、と言い、頭を下げて男は歩き出した。背後で咳の音が収まると、言わなくていいよ、と茶化すような声が飛び、再び笑いながらの咳き込みが始まった。男は振り返ってもう一度、頭を下げた。三人の内の一人は、最後まで男を見据えたまま、一言も言葉を発しなかった。

　診療所の扉を開き、受付の前に立つと、受付の女もまた、漁師たちと同じ目で男を見上げた。やはり男はひるみそうになったが、名前を告げると女は立ち上がり、にかっと他愛なく笑って一礼した。男と身の丈がそう変わらない。いかにも島の女然とした、たくましく鷹揚な体つきである。

　老医師が船着き場に来られなかったのは、午前の外来を閉めようとしたところに、一人の老女が「話だけ」と駆け込んできたからである。男は受付の女に通されて、すぐ横の入り口から診察室に入った。白髪がさっぱりと刈り込まれた七十くらいの老医師と、さらに年かさな老女とが向かい合い、その脇に、白い割烹着を着た小さな中年の女が立っている。老医師は男の存在に気付き、やあ、どうも、と片手を挙げたが、老女は気にとめる様子もなく話を続けた。

　老女の夫は、かつてこの島の漁協の組合長で、数十年前、島が映画のロケ地に選ばれて、撮影隊が逗留した時なども、先頭に立って宿屋や食事、撮影場所の案内やらをきりもりして、役者や映画会社の重役も含め、東京から来た一行に一切の不自由をさせなかったという辣腕の男であった。八十五を超えた頃から認知症を患ってすでに長いが、ことさらほかの大きな病にかかるでもなく、静かな日常を送っていた。それが昨日の朝、いつものように起きてきて、いつものようにこたつに座ったら、そのまま歩くことも、動くことも、横になることもできなくなったのである。うんうんとうなるばかりで、家族はなす術がない。食事をあれこれ与えてみても、ようやっと口に含んだかと思えば、もぐもぐと咀嚼（そしゃく）するものの、飲み込まずにべえっと吐き出してしまうので、結局昨日の昼から今まで、ろくに栄養を取っていない。気付けばいつの間にかうなるのをやめ、座椅子に体ごと寄りかかっているので、寝たのだろうかとその顔をのぞいてみると、口をぽっかりと開けて、眼は空虚になり、死人のようになっていた。

「死んどったか」

「いや、死んでへん」

老医師と老女は、ふたりで拍をとったように低く笑った。

「おしっこどうしてんの」

「連れてってるよ」

「陽ちゃんおってくれてよかったな。出てるか」

「出るんやけどな。色が赤うて、びっくりした」

「血尿か」

「いや、あれ、血尿て言うのかしら。ちんちんの先から出るの見てたら黄色いのよ。あ、黄色、黄色、黄色、と目で追うて、溜まったの見ると、あ、赤、て、あれ不思議な」

「おしっこそんななら、お腹診といたほうがええかもな」

「そうか。先生、悪いな」

「ほな、行こか」

老医師は聴診器と懐中電灯だけを手に取って立ち上がり、男のほうに向き直ると、

「すいませんね。こんなようなことなんで、さっそくだけどもあなたも一緒に、いい?」

と言葉をかけてきた。老女と話している時のような、土地の訛りは不思議にあっさりと抜けていた。

男は荷物だけ置くと、そのまま老医師の後に付いて、表に出た。患者の自宅まで歩ける距離なのかと老医師にたずねると、この島で歩いて行けない家などないのだと答えた。後から黙って付いてくる割烹着の中年女は、老女の身内かと思いきや、手には血圧計が裸のまま握られており、どうやら看護師のようだった。老医師も白衣を羽織らず、聴診器と懐中電灯を手に持っているだけの軽装で、先頭に立った老女はもとより、みながそれぞれぶらぶらと、まるで散歩にでも出かけて行くようであった。

表通りを少し歩いて路地に入ると、すぐに石造りの古い階段になった。島の中で、住民の居住区となっているのは港を中心にしたごく一部の領域だった。平地になっているのはその内のまたごく一部で、沿岸に立ち並ぶ家の一軒裏はもう勾配の上に立っている。

家々がまるでひな壇のようにぎっしりと立ち並んで、その背後にはもっこりと緑の深い山がそびえていた。こんな土地では、車輪の付いた物はほとんど有用ではないらしく、自転車もバイクも車も、一台も走っていない。診療所の前の目抜き通りに、かろうじて数台投げ出されるように止めてある軽トラックや原付には、ナンバープレートさえ付けられていないのである。

先生よお、と階段の途中に腰掛けた、首のすくんだ高齢の女が唐突に老医師を呼び止めた。

「お、座っとんな」

「キューッとするわ、今日は朝から」

「顔色ええよ。まだ大丈夫や。どしてもしんどかったら後でおいで」

「歳が歳やもんな。こんな歳んなって、欲が深いなあ。まだ生きようとしてる」

「おう、生きとけ」

老医師は歩みを止めず、さらに階段を登り、男たちも付いて進んだ。道を歩けばつかまえられ、たちまち問診が始まる。これが診療所なら、同じやり取りで点数がつくのに、と老医師はこぼして見せた。

「狭心症（きょうしんしょう）ですか」

言いながら、慣れない階段の連続に動揺し始めているのは、男の心臓のほうであった。

「ま、そうです」

「重いんですか」

「要は、それぞれの『普通』を、見定めとくことですから。今、座ってたでしょ。家の前に。あれでいいんですよ。あれが、あの人の普通なんです。いつも座ってるとこにいない、いつもと口調が違う、顔色が違う、ということが、診断の基準になります。いちいちカルテに書いてないんで、あなたには申し訳ないんだけど」

「はあ」

「しかし今のばあさんなんかも、三十年以上前に僕がここへ来た当時、すでに六十を過ぎてましたけど、まだまだ元気に海に潜ってましたから、普通の年寄りに比べれば、心肺はめっぽう強いんですよ。今でこそああだけど、その頃はみんな、特に女の人は病気があってもひた隠しにしましてね、白状させるにも往生したもんです」

「どういうわけですか」

「こういうとこでは昔はとにかく、病気になること自体が『恥』だったわけですよね。体が十分でないというのは、それだけで漁師の嫁として失格だから。診せるのも嫌がる、診せてもしらを切る、うそを言う。せっかく病気が見つかって、大きな病院へ紹介状を書いても、そのままうっちゃって、次へ進んでくれないもんだから、こっちはひやひやですよ」

「今は大分、変わったんですか」

男はすでに乱れ出している心臓をもてあましながらも、その話の展開に、涙ぐましい若き日の老医師の奮闘と、信頼を勝ち得るまでのお定まりのドラマチックな流れをうっすらと期待したが、老医師の答えは、乱れぬその呼吸さながらに淡々としたものだった。

「そりゃあもう、情報量が違うもの。僕が何か言って聞かせたわけじゃなくても、やれ、これが悪い、あれが効くって、いくらでも電波やらで飛んでくるし、それは離島だからって、大都市と変わらないですからね。耳年増(みみどしま)じゃないけど、受け皿自体は僕の診療所一つで変わらないのに、彼らが持ってる情報はものすごく変わった。昔に比べたら百八十度。だからちょっと足くじいた、風邪ひいたで、みんななるべく大きなところへ行こうとしますよ。そんなもん誰が診たっておんなじやんか、っちゅうのに。でも止められないのよ。僕のことを信頼するしないという以前に、病気が『恥』の概念から外された途端、それが彼らにとっては、公(おおやけ)に出て行く数少ないチャンスになったわけ。『病気』って大義名分掲げて、島を出て、街へ行って、買い物やら何やら、普段できない色んなことができるから。みんな、意気揚々ですよ」

「先生、ちょっと、先、行って下さい」

男は遂にくの字になって歩みを止めた。みぞおちの奥のほうから、鯖(さば)の血合いのような匂いの息が、吐いても吐いてもくみ出されてきた。まるで心臓が、気性の荒い小動物のように胸の中で縦横無尽に飛び回り、暴れ回り、周囲のほかの内臓や骨を蹴散らかしているようであった。またしても「ここで死ぬのでは」との思いがよぎり、階段にへばりつくように突っ伏して倒れた自分の姿が浮かんだ。ミイラ取りがミイラ、島の病人の誰より先に、代診に来た医者に死なれて困り果てた老医師や看護師の顔が浮かんだが、あまりにも現実味がありすぎてぞっとする間もなく、それだけは避けねばと、持ち上がらぬ足を無理やり持ち上げて次の段に乗せた。まあゆっくり来て下さい、と言い残し、ひょいひょいと登って行く老医師と老女、割烹着の後ろ姿が、男の目にはまぶしく、恨めしく、甲板で吸った煙草の一本を、後悔していた。

老女の宅にたどり着いた時には、男の顔は小豆(あずき)色に変色し、膝から下はがくがくと、面白いように震えていた。

玄関を入ってすぐの居間には、毛布一枚をかけた季節はずれのこたつを囲んで、家族や親戚が集まっていた。輪の中央に座った老医師の膝元には、埋もれるように横になった老人の姿があった。老医師は、きりっと良く通る声で、しきりに老人に語りかけている。

「杏二(きょうじ)さん、座れるか？　これ、この手、握ってくれるか？」

とたん、息子なのか、婿なのか、弟なのか、近所の男か、何だかよく分からない、とにかく老人よりも年若な男たちが体を起こそうとわんさと群がったが、彼らが手をかける前に老人は自力でにじにじと起き出した。老人は、差し出された老医師の手を言われる通り握った。木の瘤（こぶ）のような節の、大きく肉厚な手は、老医師の色白でしなやかな手を包み込み、それだけ見れば、どちらが病人のものか、分からない。

「腹減らんか」

「減ってはいない」

しゃべった。と周囲が顔を見合わせる。

老医師は、持ってきた聴診器を耳に当て、胸や腹の音を丹念に聞いては、擦（さす）ったり押えたりした。老人はおとなしく診察を受けている。妻の切迫した話のわりには、革のジャンパーを羽織り、頭には野球帽を被り、これから外出でもしそうな出で立ちである。男は、そのうつろな視線が、何となく自分に向けられているような気がして、戸惑いつつも正座して軽く頭を下げたところ、老人は老医師に体を任せながら、空いている両手で頭の上の野球帽を正しく被り直して見せ、家族の笑いを誘った。

「なんか、良うなっとんなあ」

「先生来てくれたから、かっこつけとんのや」

一人、妻だけが不服げだったが、老人は、他人事のようにうんうん、と頷いた。

「昨日は死んだ顔になっとったのに」

うんうん。

「憎たらしい。大体あたしと二人ん時は、ごそごそ動き回って言うこときかんくせに、子供やら近所やらが来ると、猫かぶっておとなしゅうすんのや。ああ、じいちゃん、良さそうやないか、てみんな言うけど、あんたらおる時だけやで、こんなので。いっつもあれは食わん、これはいや、て何こしらえてもちょぼっとしか口つけんのに、子供らの持ってきたもんは、なんでもペロッと食べて見せて、後から下痢やらなんやらして。一体誰が便所まで連れてくのか、ということや」

うんうん。堰（せき）を切ったように始まった妻の愚痴を、しばし寄り集まった者全員が、粛々と聞かされることになった。

生きて夫と時間を過ごせるのはあとわずかであるところまで来ても、長年連れ添った妻の積もり積もった恨み節は止めることができない。また、それをいさめる者もない。妻は夫の死が間近に迫ってきているということを認識できていないわけはない。かと言って、恨み節は、くじけそうになる心をカモフラージュする強がりのような、しゃれ込んだものでもありえない。つまりは、夫が死へ向かっているということが、彼女らにとっては、衿（えり）をただし、態度を改めるような「非自然」「非日常」ではないということだ。それが彼らの日常であり、最後まで、根強い日常に包まれながら、この老人はなだらかに死へ向かっているのである。

「格好つけよるいうのは、まだ、はっきりしとるっちゅうことやな。なんか、食べたいもの、ないか」

「ない」

声量は小さいが、老人はきっぱりと答えた。

「何なら食べられそうかな」

「うどん食べさせても、おかゆを含ませても、ぐじゅぐじゅ、ぺえ、です」

妻が言葉を挟んだ。

「水も飲まんか」

「お茶だけ。ちょぼっと。吸飲み（すいのみ）で」

「お茶なら飲めるか！」

老医師はもう一度老人に向き直り声を張った。

「あ？」

「お茶は飲むのか？」

「ああ。飲む」

「いちばん大事なんは、水気が取れるかどうか。な。吸飲みでなら飲むんやったら、それでなるべく飲めるだけ飲ませてみて。お茶飲めよ、杏二さん」

「ああ。飲む」

そう言って老人は、何か重要な契約を交わすように、老医師の手を握って頼もしいような握手をした。

下るのは、苦しさはなく、ただただ恐ろしい。震えの止まらない膝から下は、体から独立してしまったように、言うことを聞かなかった。男の隣でひょいひょいと下りながら、老医師は言った。

「先生。あの人、僕の留守の間に、ひょっとすると」

「ええ」

男にも、それは分かった。

老医師によれば、あの老人の衰え方は、ここ三カ月かけて非常に着実な下降線を描いているという。彼自身も、彼の家族も、それに歯止めをかけようとする者はいない。歯止めをかけるには、あの老人にこの長い長い階段を下らせ、船に乗せ、海を渡り、街の病院に入院をさせるしかない。「歯止め」とは、しかし「蘇生」ではなく、下降線の傾斜の形を狂わせて一時的な回復に導き、生きながらえさせることである。しかし巣へ戻ろうとするありの行列に障害物を置いた時のように、一度方向を見失わせても、またすぐに元の定点=死を目指し、ゆっくりと、しかし確実に、下降は再開する。もしも下降に手を出すことをやめたら、それは見事なまでに正確に、迷いなく、緩やかに、美しいカーブを描いて定点に沈んでいくのだ。決して何かが突然回復するようなことはなく、体は自然に動かなくなり、食事も受け付けなくなり、起きている時間も減っていき、最後は息を引き取る。

「今日のあれは、サインかもしれないからね」

「サインですか」

「死ぬ日の前の日なんか、うつらうつらしてたのが、突然覚醒して、何かものを言いつけたり人を呼べって言い出したりしてさ、それでみんな慌てて寄り集まったり相手したりして、あら、良うなったんちゃうか、って思った矢先にコトン、て逝くこと、すごく多いでしょ。今日のあの感じも、それじゃないかな、とね」

「はあ」

「病院で処置してると、そういうサインも狂うから、分かりづらいけど」

「そうですね。そういうのがあったところで、おいそれと人を集めたりもできませんしね」

「あなたらの立場を、否定してるんじゃないですよ」

「ええ、ええ、分かってます」

男は別に老医師の言葉を皮肉と取ったわけではなかった。ただ、下り坂を下りるのに懸命になるあまり、返す言葉の投げ方が、乱雑になったのだ。

「病院に来てる人というのは、延命であれ蘇生であれ、ともかく上向きな展開を希望してる患者だもの。それに対して、限界まで応えられる設備が整えられている場所が、病院というところであって、そこにおいて、医者が処置をしないとか、患者が処置を要求しないとかというのはまた矛盾する。僕の言ってることは、今ある状況に、それ以上のことを望めないし、望まない、という土地に限った話ですよ。僕だってもし今病院勤めなら、あのじいちゃんにもう点滴打ってます」

本来点滴一本で、当面の脱水状態を逃れることが可能な状態でありながら、老医師は老人に自らお茶を飲むことを念押しした。

「点滴、打たない方向ですか」

「むつかしい。さっきのことで言えば、傾斜を乱す不自然な処置には間違いないけど」

「先生、僕はそういうジャッジに慣れていません。明日、水を飲めないようだったら、僕は打ちますが、いいですか」

「もちろんです。今日から三日はあなたが主治医だ」

男はどう頑張っても、老医師に後れをとった。膝の笑いが逆流したように、いつの間にか声まで震えるようになった。老医師は、ちょっときつかった？　と分かりきったことをたずねてかすかに勝ち誇ったような笑みを含み、「この階段、登れんよなった時が引き時や、思てんのよ」と付け加えて、すーいすーいと段を飛ばしながら下って行った。

その様はなんとも憎々しく、子供じみており、もしや老医師は、学会やら、夏休みやらと言って大病院から若い代診を頼むごとに、あの家の年寄りたちを雇って瀕死の芝居を打たせているのではないか、と一瞬訝った。おのずと坂にへたばる若い医師の目の前で己の強靱さをひけらかすと共に、生死の境の難題を突きつけて困惑させることを孤独な人生の愉しみとしているのではないか。やりかねない。

人々は病を大義名分にして島を出ることを楽しみにしているのだ、と言いながら、学会を大義名分に旅立っていく老医師の表情の浮き立ちようといったら、恐らくそれ以上のものだろう。仕立ての良いスーツに着替え、使い込んで好ましく色の染みたフランス製の旅行鞄を携えた老医師は、午後四時発の最終便の船に颯爽と乗り込み、桟橋まで見送りに出た男に向かって、船室の窓から満面の笑みをのぞかせて、扇をひらつかせるように手を振った。波の様子はますます高く、船を出すには限界で、明日は全便欠航だという。定刻になり、船が波の上にゆらゆらと進み出すと、老医師はまだ姿の見える内から早々と手を振るのをやめて、本を読み始め、二度と男のほうを振り返ることはなかった。

何か狐につままれたようである。ひょっとすると、このまま二度と老医師は戻って来ないのではないか。途方もないような気持ちを抱きながら、男はきびすを返し、とぼとぼと歩き始めた。行く場所は診療所しかなかった。風の荒くなった午後の港には、もはや漁師たちの姿もなく静まり返り、まだ陽は高かったがすでに一日の終わりの雰囲気が漂っていた。男は舌を出した漁師の歯のことを、老医師に伝えそびれてしまった。

もう今日は誰も来ないかもしれない、と言った老医師の言葉通り、遅い午後の診療所を訪れる住民はおらず、事務員の女と、割烹着の看護師と、自前の白衣を羽織った男とは、ただただ外を吹き荒れる突風の音だけを聞きながら、ぼーっ、と各々一点を見つめていた。男は時折思い出したように、老医師の作ったカルテを眺めたりしてみたが、百冊ほどあるカルテの半数くらいは「迫田」と「瀬尾」という苗字が占めており、高齢者に特有の似たような疾病（しっぺい）が連なり、一体目を通して、次へ進んでいるのか、それとも同じものばかりを繰り返し見てしまっているのか分からなくなり、気がつけばいつのまにかまた、一点を見つめていた。

結局のところ、老医師を見送ってから二時間、何事もないままに陽は傾き、定刻になると女の事務員は帰っていった。男は、割烹着に案内されて、市が用意したものだという医師住宅へ向かった。男が泊まるのは普段老医師の住んでいる一軒家であるが、割烹着は向かいの小さな商店の二階を借りているのだと言う。「看護婦さん、島の方じゃないんですか」と問うと、

「岡野です。あの、よろしくお願いします」

　と今頃になってとんちんかんなあいさつをしてきて、男も決まり悪げに頭を下げた。

「飯はどうされてるんです」

「田尾先生は、自炊をなさるんですが、私は料理がだめなんで、そこの三笠って旅館へ行けば、適当なものを食べさせてくれますからそこで」

「自炊するって、食材はどこで買うんです」

「この先を行ったとこのもう一軒の商店には、お肉や野菜を置いてます。お米やお酒は、漁協で。あ、もう閉まってますけど今日は」

「飯屋とか飲み屋みたいなのは、あるんですか」

「いいえ」

　選択肢の少なさに男がたじろいでいる内に、じゃ、どうも、と置き去りにするように、割烹着も自分の棲家へ消えていった。

　話に出た商店に行ってみると、六畳くらいの土間の中に、菓子や飲み物、パン、乾物などが所狭しと詰め込まれ、隅の冷蔵庫にほんの少し、しいたけやら、パック詰めのひき肉やら、売れ残った生鮮食品が転がっていた。男は割烹着が食事をしに行くという宿屋にさっそく乗り込もうという気にもなれず、カップ麺と菓子パンを手にとって金を払った。金を払う間、商店の親父もやはり、いやおうなくまじまじと見つめてくるので、ここでも男は自己紹介をして、頭を下げて風の中に出た。

医師住宅の中は、男一人の住まいにしては小綺麗に片付けられていた。といっても、ここはあくまでも老医師にとっては仮の宿で、本宅は船で渡った先の市街に別にあり、そこには妻も長男夫婦もいるのだそうだ。老医師は三十五年という歳月、平日はこの島に単身赴任をし、週末だけ本宅で過ごしてきたのである。女の悲鳴のような風の音に加え、どおん、どおん、と何かが爆発するような波の音が響き渡る中で、殺風景な台所のテーブルに腰掛け、カップ麵に湯を注いでからの三分さえも男には長かった。三十五年、それは一体どんな時間の長さなのだろうか。

時計の下には島の住宅地図が貼られていた。訪問診療を担当している患者の家らしきところにぽつぽつと色が塗られ、地図の下には、患者宅の連絡先の一覧表も貼り付けてあった。

昼間に立ち寄った老人宅は、地図上で見ても診療所からは随分離れていたが、そのように不便そうなところに建つ住宅も一つや二つではなかった。もしもう一度、今夜の内にあそこに出向かなければならないとしたら、心構えが必要だ。カップ麵を平らげると、男は受話器を持ち上げ、老人宅の番号を打ち込んだ。２コールで息子と思しき男が出てきて、少しずつだが水分を取って、さっきはうどんも三口ほどすすったと言う。田尾先生はいませんが、何かあったら遠慮なく呼んでください、と言って男は電話を切り、少しほっとした。老医師にはああ言われたが、自分のいる間に死人が出るのは、できるだけ避けたい。食卓の椅子に腰掛けなおし、カップの底の冷めかかった残り汁を、飲み干した。

ルルル、とさっそく電話が鳴った。

ああ、俺が甘い顔をして、いや甘い顔をしてではないが、あんなことを言ったから、いや言うのは当然だが、じいさん、なぜもう少し頑張ってくれないか、と大いに動揺しながら男が受話器を取ると、耳に聞こえたのは、女の声であった。

「代診の先生？」

「はい」

「田尾先生は、おられませんか」

「はあ。最終便で、出られまして。三日ほどおられません」

「悪いんやけども」

声は歳を取っていたが、どうやら先ほどの老人の妻とは別人である。

「どうも具合が悪くて、苦しゅうて、やれませんので、ちょっと診に来てもらえませんやろか」

「苦しいのは、どんなふうに」

「ええ。苦しいのです。とにかく先生、お願いします」

声は、確かに力なく、これ以上電話で本人にあれこれ問い詰めるのも酷だと思われ、男はとりあえず名前だけ聞き出して、行きますからね、と念を押すと、

「先生、恥ずかしいから一人で来てな」

と一言あって、電話は切れた。

「モリオ・セイ」と聞き取ったその名前は、意外なほどあっさりと地図の中に見つかった。その家は、色を塗られた家の中でも、目立つ紅色の鉛筆で塗りつぶされたほんの三、四軒の内の一つだったからである。ひょっとするとこの紅色が、特に重篤な患者のいる宅というしるしなのかもしれない。男は再びあの階段地獄に直面することを心から恐れたが、幸いにも森尾セイの宅は、階段のあるほうとは逆方向で、目抜き通りからほんの二、三軒奥まったところに位置していた。

いったん診療所に駆け戻り、森尾セイのカルテを棚から抜き出してみると、現在八十五歳で、高血圧症、脊柱管を患って足腰が痺れたり痛んだりしている他に、過去に脳梗塞を起こした経歴があることが記されていた。家の名義がセイの名で、本人が連絡をしてきているところを見ると、夫もおらず一人暮らしということか。脳梗塞の後遺症や神経痛でどの程度身体に不自由がきているものかは分からなかったが、老医師は、特別大仕掛けの処置をしているようでもないから、「苦しい」とは、また何か新たな病の前兆

か。男はいやな予感をよぎらせながら、外套代わりに白衣を羽織って表に出て、元来たほうへと走り出すと、ずっと前を小さな女がこちらに向かって歩いてきて、角をつと山の手へ曲がった。ピンク色のトレーナー姿に着替えていたが、どうやらあの割烹着の看護師らしかった。森尾セイについて知っていることをたずねようと、角のところまで走りついてその行方を見上げると、ちぢこまったような小軀に対して、いびつなほど巨大な「47」の背番号がプリントされたその背中は、小脇に洗面器を抱え、ちゃかちゃかとサンダルを鳴らして、坂を登っていく。坂の上のほうには、消え入りそうな弱い光の蛍光灯で照らされた看板に「三笠」と書かれたビルがあり、一直線に宿に湯を借りに行くその迷いない足取りを眺めていると、男は思わず声をかけることをためらってしまい、そうしている間に47番の背中は「三笠」の引き戸を慣れた様子でがらりと開けて入ってそのまま消えた。忘れていたが、ふと「一人で来て」とセイが言った言葉が気になった。まあ、行ってみるか、と男は再び足を速めた。

森尾セイの宅は、昼間の老人宅に比べれば、随分近場であったが、そうは言ってもやはり、急な階段をいくつかうねった先にひっそりと立っており、セイの持病を考えると便利な場所とも言いかねた。脊柱管狭窄症といって、まっすぐに立っている姿勢がつらく、歩くとすぐに痺れや痛みが激しくなり、休まねばならない。それゆえに歩行が億劫になり、座ったり寝ていたりが多くなって筋肉や体力が落ち、いよいよ寝たきりになることも多い。

「森尾」と書かれた表札のかかった玄関の鍵は開いていた。こんばんは、と言って三和土に入って靴をぬぎ、平屋の奥へと進んで襖を開けると、とたんにこもっていた湿布臭と老人独特の体臭が鼻をついた。しんと静まった部屋の中には、がたがたと、強風が雨戸を揺さぶる音だけが聞こえていた。据え置かれたベッドに横たわっていた森尾セイは、少し頭を持ち上げて、「ああ、先生、ごめんね」と、控えめに、しかしまるで男のことを昔から知っているような口ぶりで、つぶやいた。見た様子では、落ち着いており、急を要するような状態でないことは明らかだった。

「田尾先生留守で、悪いですけど」

セイは、こくりと頷いた。

「どうしましたかね。脚、痛みますか」

「うん、もう、痺れて痺れて」

「歩いたりは」

「歩かれしません、とても」

「苦しいっていうのは？　どのへんですかね」

セイは、うーん、とうなるように言って頭を傾げて見せた。

「ちょっと胸の音聴きましょうか。そのままでいいから」

　男はベッドの傍らに中腰になり、ごめんなさいよ、とセイの体にかかっている布団を静かに持ち上げて、そのまま手を滑り込ませて聴診を行なった。心肺に悪い様子の音はなく、血圧を測ってみても、危険というほどの数値ではない。あれこれと具合をたずねてはみたものの、セイはやはり、医者を呼びつけるほど苦しがったことを詳しく話しだす気配はなく、男はなんだか要領を得ないまま、セイの手元に残っている薬の数を確認して、体の具合は心配ないようだから、安心していいということと、どうしても痛みがひどいなら、薬を変えることも明日老医師と相談すると言って座を立とうとすると、

「先生あれですね、何言いましたか、あの、漫才師によう似てらっしゃいますね」

　と、妙なタイミングで妙なことを言い出した。

「はあ、誰ですかね」

「テレビよう出てますよ。あの、何ちゅうんでしたか。片割れが、やせぎすの」

「はあ、誰でしょうね」

「テレビ見られませんか。テレビ、つけましょうか、あれ、リモコンどこやったか」

「ああ、いやあ」

　いいですよ、と言いかけて、突然合点がいった。

「僕のことなら、はっきりデブだって言って下さっていいんですよ」

「いやあ、そんなんちゃうよ」

セイの顔がほころんで、笑い声が出た。一人で来てくれとか、恥ずかしいと言ったのも、納得がいった。ともかくこの老女は、この風の音を一人きりで聞いているのが、耐えられなかったのだろうと思った。セイはリモコンを探し当て、スイッチを押すとテレビからはサスペンスドラマの始まる物々しい音楽が鳴り始めた。

男もいち早くあの医師住宅に帰りたいというわけでもなかった。万が一急患が出ても、かかってきた電話を転送できる携帯電話を老医師から預かっている。じゃあ、ついでに湿布を貼り替えておきますか、と言って立ち上がり、台所で湯を沸かした。

息をついて見回してみると、家の中は古びてはいるが清潔に保たれていて、冷蔵庫を開ければ何品もの作り置きの惣菜にラップがかけられており、器に指を当てると、まだ、かすかに温かい。家族か、身近な者が、きっとこまめに面倒を見ているのである。それでも俺を呼んだのは、他人のほうが、甘えやすい時もあるのだろうか、と思いながら、男は部屋に戻って温かい湯で絞ったタオルを、肉の落ちて、枯れ枝のようになったセイの脚に当てて拭いてやると、「ああ、気持ちがよろしい」と言って何度も満足げにつぶやいた。ベッドの柵に、小さな子供の描いた絵が貼り付けてあるので孫のことをたずねれば、セイは孫や息子や、嫁たちの話をし始めるし、昔の話をつけば夫と海に出ていた頃の話や大きな嵐に島が荒らされた時の話などをして、足やら背やらを擦りながら男が打つ相槌に乗せられて留まることがなく、「苦しゅうて、やれません」はずが、すでにめっきり上機嫌であった。話の内容は取り立てて面白いわけではなく、つまりどこにでもある老人の話でありどこにでもありうる民話であったが、しかし、実のところ男のほうもまんざらではなかった。ああ、俺、今、「善いこと」してるよ、と密かに嗤い、密かに酔った。

　こんなところを男の病院の同僚たちに見られては、とんでもないことになる。時間外に詐病に近い呼び出しを受けた医者が、自ら患者の体を拭いてやり、延々話に付き合って、寂しさを紛らせてやるようなことは、普段だったらあり得ない。男の実際の日常は、患者一人のためにそんなことまでする気にはとてもなれないし、またする義務もない、医療業務に限定された多忙極まるオートメーション的な作業の連続である。それを日々、耐えて遂行するために一切の青臭さをかなぐり捨て、何の自己陶酔もなく、トラブル回避のためだけに覚えた柔らかい言葉を舌先三寸に使って、気づけば自分の診た患者に頭を下げて礼を言われても、ほとんど何の実感も感慨も持てなくなってしまった。医師になりたい、と最初に思い立った遠い日の記憶など、いっそ忘れてしまいたい。あの時の自分がいなければ今の自分もないが、今の自分は、あの時の自分がなろうとした男とはまるで違う。けれど、それが悪いか。青坊主の過去の自分に、非難などさせない。俺は、来た球を打っている。それも確実に、当てていっている。流れに巻き込まれて一度青臭さを棄てた自分がいまさら青臭くなるはずはなく、今日のこのことも、自分にとっては今後繰り返されることのない非日常であるからこそだ。これは男にとっては仕事ではなくお遊びである。しかし擦られるままにして、心地よさそうなため息をついている森尾セイの素直な背中は、久方ぶりの男の幼い、恥ずかしいような陶酔に目を瞑ってくれていた。

結局つけっぱなしにされたドラマの真犯人が追い込まれる頃まで、男はそこにいた。洗面器に汲んだ湯も、うっすらと表面に垢が膜を張り、すっかり冷えてしまった。

男はセイの体を抱くようにして再び寝かせ、そろそろテレビを消しますか、と枕元に転がっているリモコンに手を伸ばした時、おもむろに掛け布団から色艶の悪いむくんだ手がにょきっと出てきて、男の腕を握った。

「誰にも言わんから、死ぬ注射打って」

ええ？　と大げさな声を出して、男は笑って見せた。

「先生。ほんまに」

セイの手の力は、驚くほど強かった。

何かええ注射、ありませんかな。ありますでしょう、眠るような。なあ先生、黙ってますから、先生、とセイは呪文のように懇願を繰り返し、リモコンに手をかけた男の手は、ぎゅうぎゅうと痛いほど絞り込まれ、大漁の魚のかかった網を引く要領で、ぐいぐいとセイのほうへ引き寄せられた。テレビのチャンネルが、ぱ、ぱ、ぱ、といくつもめまぐるしく変わった。男は、渦に吸われるように抗うこともできず、ずるずると体を崩し、ぺたんと尻餅をついた。

「もう、退屈いやや」

小さなテレビのスピーカーから、わっと笑い声が起こった。

ベッドサイドの孫の描いた絵や、冷蔵庫の中の手の込んだ惣菜、それをまめまめしく作りに来てくれるという息子の嫁や姪、そんなことが男の頭を巡ったが、それらを材料にして、慰めになるような言葉に置き換えようとすること自体、セイの口から吐息と共に吹き出した、「退屈」の前には、空虚に思えた。

男はそれでも、へたり込んだまま、無理を承知で、言葉を探していた。締め付けられた腕の先、手の平にはじんわりと汗が滲み出した。

外の風は、ここへ来た頃よりは弱まった様子で、雨戸の揺らされる音もなくなり、ただテレビのタレントのしゃべる声だけがけたたましく、鳴っていた。

「ああ、この人や」

ふいにセイはつぶやき、その視線に促されて男がテレビのほうを振り返ると、バラエティ番組に切り替わった画面に、わんさと折り重なるように大勢のタレントが映っている。

「今映った。いちばん右から、二番目の」

セイの示すところには、そろいのスーツを着た遅咲きの漫才師が並んで座っていた。

「……似てますか」

「そうでもないな」

そう言うと、男の腕を握っていた手はするりとほどかれた。

「消しますか」

「いや、点けといてください」

男は静かにリモコンを枕元に戻し、セイは、ふ、と目を閉じた。

「明日も来ますよ」

「ありがとう。先生、明後日までですわな」

男が外に出ると、風はすっかり止まっていた。この分なら、明日の船は、運航になるだろう。


「あら、まだ寝てました?」

時計を見ると、七時半を過ぎていた。

「ごめんね。もう僕、これから出るとこなんで、今しかないと思ってさ」

受話器から聞こえる老医師の声は、寝起きの耳にはやや響きすぎる。男が寝室のカーテンを開いてみると、そこにはすでに高く上がった朝日に照らされた青い海が広がっていた。

「どうですか。不自由はなさってませんか」

「ええ、まあなんとか」

「杏二さんというじいちゃんいたでしょう。あの人連絡ありましたか」

「はあ。昨夜はあれから少し食べ物が通ったらしいです。今日も行ってみましょうか」

「いい、いい。そこまでしなくて大丈夫。何かあれば、また、ばあちゃんが来るでしょう。そしたら行ってみてください」

「はあ、わかりました」

「ああ、それと先生、『森尾セイ』というおばあちゃんは――」

透明でよどみのない老医師の電話越しの声が、わずかに揺れた。男は黙ってみた。

「――生きてるかな」

「……ええ」

「先生、呼び出されましたね」

「はい」

「ごめん。昨日、出発前にああバタバタしたから、つい言うのを忘れたんだ。あの人は、僕が留守をするたびに、代診の先生に、あれを頼むんですよ。僕のこと、見限っているんだ。でもどうやら、代診の先生が、ぎょっとする顔を見るのが生きがいなんだな。驚かれたでしょう。たまらんですよね。すみません。でもそうか、オーケー。生きていますね」


そう言って、くくく、と笑った。老医師は、わざと黙っていたのに違いない。

電話を切った後、男は、あの住宅地図にあった、あと数軒の他の紅色のしるしには、一体どんな意味があるのかを、聞いておくべきだったと後悔した。

空は底抜けに青く、陽光は穏やかで風も心地よかったが、それでも沖の波は高いらしく、やはり全便欠航は変わらないということだ。船は来もせず、出もせず、しかしそれに慌てる様子の人間もおらず、ただ静かに、太陽だけがじわじわと天空を動いた。

その晩も、次の晩も、男は森尾セイを訪ね、やっぱり同じことを頼まれた。

最後の晩は、ついに男も慣れてしまい、例の展開になると、ひどく大げさにうろたえてみせたりした。階段の上に住むあの老人は、三日目には遂にうどんをすることもなくなって、吸飲みでりんごの絞り汁を飲み込むだけになったが、そうやって持ちこたえているうちに、とうとう老医師も戻って来た。舌を腫らしていた漁師だが、男は結局、老医師にそのことを伝えそびれたまま島を去ってしまった。しかし銀歯は合っていたのか舌が銀歯に合わせたのか、いつしか彼は、かつて舌が痛い、と思ったことすら、忘れてしまったそうである。

ノミの愛情

らせん階段の踏み板を、最後の一枚まで磨き上げたら、体を持ち上げ、うんと伸びをして、二階の小窓を開けてわずかばかりの風を吸い込むのが私の日課だった。

そこからは、裏隣の藤崎さんの庭が見下ろせる。

その庭の裏手、つまり小窓のちょうど真下あたりには、藤崎さんのお宅の飼い犬で、ラブラドル・レトリーバー種のトーマス君の小屋があるのだ。

小窓から顔を出して下をのぞけばトーマス君は必ずそこに鎖でつながれて、窮屈そうな小屋の中でぐったりとうつぶせている。暑い日も、寒い日も。雨の日も、風の日も。

私はときたま、できる限り首を長く伸ばし、ちょっ、ちょっ、ちょっ、と舌を打ってトーマス君の気を引こうと試みるが、私たちが三年前にこの家を建てて住み始めた時にはすでにその場所の主のようにしていた老齢のトーマス君には、どんな音も、どんな声も、関心を誘うには足りないようで、こちらが何と呼びかけようとも、ぴくりともせずただ小屋の中に留まっているのであった。小屋の入口からちょこっと突き出した顔から見て取れるその表情には、一切の感情を放棄したような諦観（ていかん）が漂っていた。

私の生まれ育ったところは、山に迫られた田んぼばかりの田舎の集落であった。どこの農家もたいていは番犬を兼ねて、およそ犬にも見えないような見栄えの悪い雑種犬を一匹や二匹は飼っていたものだけれど、公道も家々の庭も、境のあってないような土地なので、飼い犬たちは皆ぶらぶらのんきに暮らしていたものだった。

飼い主から猫かわいがりされるようなこともない代わりに、日々の気ままだけは許されていたそんな犬たちを見て育った私には、吹きさらしの小屋につながれて毎日同じ風景の中に閉じ込められているトーマス君の生活は、あまりに自由がきかないようで、不憫にも思えた。藤崎さんのお宅は、季節の花も折々に咲く庭付きの立派な構えで、車も高級なドイツ車で、十分余裕のあるお家なのに、手をかけられてしかるべき立派な犬種のトーマス君を、好んで飼っておきながら平気で野ざらしにするのだ、と思うと、いかにもそれは暴挙のように見えて、哀れに思うのを通り越し、ときおりぐっ、と怒りさえこみ上げてくるのだった。

私はトーマス君が目を輝かす瞬間を、一度でいいからこの目で見たい、と思うようになった。

我が家と藤崎さんのお宅とは背中合わせなので、その構えを正面から見る機会は滅多にないが、夏の終わりのある日のこと、ぽつぽつと夕立の気配を感じて小窓を閉めに階段を駆け上がると、ふと表の鉄門に小さな紙切れが貼り付けてあるのが目に入った。それには何やら文字が書いてある。我が家の窓からは裏表逆さに透けて見える上に、大きな文字ではないのだけれど、たしかに「エサ」というカタカナを確認することができた。ラブラドル・レトリーバーという犬種の食欲は、犬の中でも並外れて旺盛であると、いつか息子と見ていたテレビの動物番組の司会者が語っていた。トーマス君の弱点は、通行人から不用意に与えられる「エサ」なのだ。藤崎さんは、トーマス君に何らの自由を与えることもしない上に、棚ぼたの喜びすら、禁じているのだ。

私の内側には、ふつふつとその禁を犯したいという衝動が湧き上がり、大急ぎでらせん階段を駆け下りて台所の戸棚から食パンをつかんで戻って来ると、小さく指でちぎってこねたそのかけらを、窓からぽとんと下に落としてみた。それは自分でも驚くくらい、ぴたりと小屋の前に転がった。

すると、三つと数えない内に、小屋の柱にくくりつけられた鎖が、ごりごりと重たい音を立て始めたのである。そして、小屋の中から、鼻先をひくつかせながらトーマス君の巨体がのそっと現れたかと思うと、突然のパンのかけらの出現を不思議がる様子すらなく、ぱくり、と飲み込んでしまったのだ。

私は、胃の奥のほうから興奮がこみあげてくるのを感じた。

そして、トーマス君は、これまで私が見たこともない異様な懸命さで、他にかけらはないものかと、くんくん地上を嗅ぎまわり始めた。たまらなかった。私は、すかさず第二投目を放った。

それは先ほどの位置から、一メートルほど外れた場所に転がった。トーマス君は依然として、かけらの出所が自分の頭上であるということには気付く様子も関心もないようだったが、老いをみじんも感じさせない鋭い嗅覚と聴覚で、その落下を瞬時に感じ取り、驚くべき俊敏さで、猛然と駆け寄った。

しかしそのとたん、ぐいい、とトーマス君の首には首輪が食い込み、がたん、と小屋が音を立てた。トーマス君の伸ばす鼻先から、数十センチの黒い土の上に、静かにかけらは留まっていた。トーマス君は、口から舌をだらんと垂らし、ハッ、ハッ、と荒い息を吐きながら、上り坂につっかえる輓馬(ばんば)のような格好で必死に体を伸ばして、前足で空を掻いたが、どんなにあえぎ、もがこうとも、彼がかけらに達する見込みがないのは上から見ていて明らかであった。

私は悲鳴を上げそうになり、すぐにもう一投、と手を振り上げたが、自分のコントロールの不確かさを思うと、また同じ過ちを犯すのではと、すくんだ。あまりトーマス君が大きな音を立てると、ご主人が庭に出てくるのでは、とも思った。切ないトーマス君を助けるためにお宅を訪ね、私が投げたパンを食べられずに苦しんでいますよ、と伝えに行くわけにもいかない。荒々しい野性をむき出し、とりつかれたようにいびつな体勢になって、かけらを食らおうとしているトーマス君を見ているのが忍びなく、私は静かに小窓を閉めた。

外の雨音は、とたん激しく立ち昇った。

何ということをしてしまったのかと、後悔が押し寄せ、泣き出しそうになった。私が愚かな情をかけたせいで、彼は味わわなくてよいはずの苦しみを強いられた。トーマス君、ごめんなさい。鉄門の忠告に、従うべきだったのだ。藤崎さんは間違ってはいない。二度としないと自分に誓った。

それから小窓は、私が階段を磨いた後も開けられることはなくなった。わずかな外の風を浴びることも自分に禁じることが、せめてもの戒めと思った。

けれど、不思議なのである。

それまで私はトーマス君を見下ろしてはその暮らしぶりを気に病んできたはずだったのに、以来その七転八倒の悲惨なありさまが脳裏によみがえるたび、気に病むどころか、日ごとに滑稽に思えてきて、恐ろしいことに近頃では、もう一つお腹があればひそかにそれを抱えて笑い転げたいほどなのだ。

考えれば考えるほど、トーマス君と私は同族だ、と思えるからである。

＊

「おっと。もうリゾットか。これが、なかなかなんですよ」

夫は私が運んだトレイを受け取ると、一人ひとりにてきぱきとサーブし始める。

食卓には、張りのある、透明度の高い歓声が舞い上がった。

「わあ、ウニが入ってる、すごいなあ。こんなのお店でしか食べたことないですー」

「でもあれだろ、そんなに難しくはないんだよな、朱美さん。教えてあげたら」

「教わったって、作んないですー」

「ほとんど外食かい」

「もう百パーだよね」

「自分一人のために作る気力、残ってなくて」

「そりゃそうだ。あれだけ病院で使い果たしてりゃなあ」

「乃木先生ー。わかってくれますか」

「そりゃ、ナースがそうなのはおれたちの責任でもあるもの。罪滅ぼしってわけでもないけど、ご飯くらいならうちに食べにいらっしゃい。滋養をつけてもらわなきゃ。おれがいない時でも遠慮しないでさ。チビがいるけど、それさえよけりゃ。なあ、朱美さん」

「うふふ。大丈夫かな、あたし。ワンパターンよ」

「ええー、いいんですかー」

『わが手に託されたる人々の幸のために身を捧げん』とは、ナイチンゲール誓詞の最後を締めくくる言葉である。思い出す、看護学校の戴帽式。二百本のろうそくの炎が幽玄にゆらめく巨大な講堂にこだまする若い声。何を忘れても、あの三年間に叩き込まれたこの言葉を私が忘れたことはない。夫を支えるあなたたちのような方々を全力で、とびきりに、もてなすのが今の私の務めです。

しかしこの看護師さんたちだって、若い無邪気さを装ってとぼけてはいるけれど、では本当にちょくちょく滋養をつけに我が家を訪れるかといえば、そんなことはないだろう。今日だって、食事に招いた夫の顔を立てるために、これきり、と思って貴重な休みを棒に振り、足を運んでくれたのに違いない。世界はすべて、夫が願うほど完全ではないが、しかし彼女らにその程度のボランティアをさせる価値が、私の夫にあることは、間違いない。

　夫は市立病院に勤める小児心臓外科医である。三年前からは部長職に就き、以前より随分雑務も増えたといえるが、それでも若い頃と変わらぬ現場主義を貫き、生まれつき心臓や、その付近の器官に異常を抱えた子供たちを相手に、毎週数件の手術をこなし、より健やかで生きやすい人生へと導く手助けをしている。夫は、かけがえのない命のためならば、どんな努力も怠ることはない。病の程度にかかわらず、患者に対しては押し並べて平等に、真摯に対峙することが彼の信条だ。四十路に乗って、その顔つき体つきにかすかに齢の重なりが翳るようになってきてもなお、勤務時間の超過や、徹夜の連続を疎んじたためしはなく、時として医師の職務の領域を逸脱したように、患者と密接に関わってしまうことに関しては、他の平均的な医師たちへの余計な重圧になる、と上部から注意を受けたりするほどである。

　すでにその道では名医と呼ばれる部類に入る存在ではあるらしい。彼の技術力と、手厚いケアの評判を聞いて、近頃は他県や首都圏からさえも、小さな患者を連れた親御さんたちが訪ねてくることも増えた。

　スタッフたちには、時に厳しく激することもあるという。けれどその厳しさは、決して彼個人のエゴによるものではなく、あくまでも目の前に在る患者の利益をまっすぐに狙い定めた上での、誠実なこころざしから生じた現実的対処に他ならないということを、理解しない周囲はいない。なぜならば、患者の利益を追求することこそが、究極的には彼と彼を囲む人々の自信と誇りを養う大いなる利益となるのだという理念を、彼らは常日頃から夫によって教え含められてよく理解しているからである。

　そして彼は、そのような厳しさや、過酷な労働に晒されながら、無私の精神で身を尽くしてくれる配下の人々を、こうしてたまには自宅に招き、妻のあたたかい手料理でもてなしてその労をねぎらうやさしい心配りもまた、欠かすことがないのである。どうだろう。非の打ちどころのない医師というのは、私の夫のようなのじゃないか。

トイレから戻ってきた夫は、ダイニングの扉を開けるなりこう言った。

「さあお三方、もうこれくらいにして、とっとと引き上げてくれ。明日の朝は会議の後、大動脈縮窄（しゅくさく）のお嬢ちゃんのオペだろ。ここんところおれだって酒が残るようになって気をつけてるのに、まったく君らと飲んでると、ついつい進んじゃうんだから」

デザートに出したシャーベットまできれいに平らげ、やるべきことをすべてやり遂げたかわいいナースたちは、絶妙なタイミングで会食のお開きを告げてくれた部長先生を讃えるように、一斉に黄色い声で、「ええー。もっといたいー」ときれいにごあいさつを返して、立ち上がった。

「お手洗いは？　駅のホームで吐くんじゃないよ」

「そんなもったいないことしません。奥さん、ほんと最高、ごちそうさまでした」

「ほらお土産を忘れてる。このマンゴージュース」

「わ、見て。奄美大島の生搾りだって」

「知り合いからどんどん、と送られてきてどうにもしようがない。飲んでごらん。肌にもいいって。なあ朱美さん」

「もう、先生ってほんと、『朱美さん朱美さん』だよねえ」

「私の肌じゃ、参考にならないわよね。ごめんなさいね、荷物になって」

「大丈夫だよ。タクシーを呼んだから。駅までそれで行けばいい」

「ほんと、すいませーん」

「おや、雨が落ちてるか。そこにある傘どれでも持って行きなさい。返さなくっていいから」

ほんわりと酒の匂いを漂わせながら、組んずほぐれつ玄関から三人組が出て行ってしまうと、とたん、家の中にしん、と硬い冷気が走ったようになった。

夫は、玄関ポーチでくるりと踵(きびす)を返すと、私の肩の脇をかすめるようにして、心から満足いったように鼻歌を歌いながら風呂場へと消えていった。

時計を見れば十時を少し回っていた。

三人が駅から電車に乗って各々宅に着くのは遅くても十一時。何や彼やと雑事を済ませて十二時前には寝床につける。あと小一時間ほど好きなように過ごしたって、基礎体力のある彼女らは明日、きっちりと元気な体で出勤できるだろう。

見事なまでに、考えつくされた時間割だ。

東の空の白む時刻まで、回らぬろれつで御託(ごたく)を並べて部下やナースをひっぱり回す他のお医者衆から、これでさらに頭一つ抜きん出て、職場での夫の評価は、ますます高くなるはずである。

私は、自分の務めを今日もきちんと全うできたことにほっとしながら、ぶるっと体を震わせて、トイレのドアを開けた。

きちんと閉じられた便器のふた。行儀良く。

トイレットペーパーの端は、清掃済みのホテルのごとく三角に折りたたんである。

惜しい。飲み食いの末、膀胱をパンパンに膨らませたはずのナースが、結局一人も夫のこのお上品な使い様のトイレを眺めぬままに帰ってしまったとは。看護師が、トイレを我慢するエキスパートであるということを、あなた、お忘れであったか。

しかし一事が万事とあらゆる危険を予測して、細心の注意を払った仕事ぶりには、つくづく頭が下がる。さすが、ピンポン玉大の心臓を自在にいじることのできる男のなせる業。便座をぱかんと放り上げたまま、陰毛の張りついた便器をあけすけにして、床に小便の雫を飛び散らす、いつもの我が家の主は、この晩餐の間、一体どこへお出かけだったのでしょう。

「朱美さん」とは私のこと？　あなたが私につけたのは、「ちょっと」という名ではなかったか。

言われるがまま、急いでデパートから取り寄せたマンゴージュースが肌に良いも悪いも、私は今日まで知りもせず、台所のシンクには、彼女らの目の前で甲斐甲斐しくあなたが下げてくれたお皿が、水の中にも潜らされずに地層のように重ねられて、乾いてしまったチーズとお米で、すでにカピカピにこわばっている。

どうだろう。非の打ちどころのない夫というのは、私の夫のようなのじゃないか。

私は便座に座りこみ、たまりの水がお尻に跳ね返るほどの勢いで、放尿した。

＊

「描いたの？　駿ちゃんが？」

「幼稚園の先生から電話がかかってきて。みんなの描いた父の日の絵と一緒に貼り出したいんだけれど、これを貼っていいものでしょうかって。それで、待ってください、主人に相談しますって」

私には、たった一人、風穴といえる存在があった。

彼女は、独身時代に私が勤めていた病院の、救急医である。

「でもそんなことで幼稚園替えるなんて、かわいそうだよ。友だちだってできてるんでしょ。せめて描き直すように駿ちゃん説得するとか、あるじゃないの」

「どうして、って聞かれるのが嫌なのよ。自分の恥を恥じてる、って息子に知られたくないわけ」

「じゃあ息子の前でパンツに手を突っ込んで股間を掻きむしったりしないことよ。子供は普段見てるまんまを描きますよ」

「だから近頃家の中でズボンをはくようになった。絵のことはいいの。あたしが言って、白衣姿の『お父さん二号』を描かせたから。でもね、もうあの人収まらないの。あの子の父親はそういう奴だ、ってことを、幼稚園の先生に知られたことが問題なのよ」

「その問題より先にいんきんを治すべきよ。あたしが言おうか」

「やめてやめて」

「駿ちゃんになんて説明するのよ」

「幼稚園が廃園になるって」

「子供をナメてるといつか刺されるよ」

「あたしが？」

「退園の手続きとかだってあるんでしょ、誰がするわけ」

「まあ、あたしだと思う。お宅に通い出してからぜんそくの症状が悪化したからって、言えばいいらしい」

「職権濫用も甚だしいな。まったく。あたしはあんたの恥を食べる生き物じゃないのよ、って言ってやってよ」

「だけど先生、男の人ってそういうものなのね、結局のとこ。外でしゃんとしてなくっちゃならないんだから。その分のしわ寄せを抱きとめるのが家族なんでしょ。気を許してる証拠だし」

「わ。お母さんが言いそう。いつからそんなに意見が合うようになったの」

「嫁と姑になってから」

「意見を合わせなくちゃ、っていう強迫観念よ。危ない兆候だね」

乃木久美子と私は互いに二十代の頃、三年間ほど職場を共にした。研修期間を終えてほやほやだった彼女が救命救急センターに入ってきたその時から、不思議に私とは「息」が合った。現場でのキャリアの長い私のほうが教える立場になることも少なくはなかったけれど、危機的な急場であればあるほど度胸の強さを発揮し、疲れを知らない好奇心を持つ彼女は見るからに未来が楽しみな人材であり、思い切りがよく豪放な彼女の荒療治の端々を、ほぼ同時進行で私が細かく繕(つくろ)っていくというコンビネーションプレイが完成するまでにそう時間はかからなかった。歳も近いので互いに遠慮がなく、当直明けが重なった時は、とめどのなくなった覚醒を始末するように、二人でだらしなく飲んだりもした。

その後、私は病に倒れた母の介護のため、病院を離れて郷里に帰り、地元で唯一の古びた小さな医院で働くことになった。子供の頃から村を出るまで、私もよくかかりつけていた老村医が、事情を聞きつけて雇ってくれたのだ。毎日ご近所のお年寄りの血圧を測ってばかりの日常は都市部の救急の現場とは対極的で、元の病院の乾いた現場を恋しく感じた時期もあったが、退屈さとの付き合い方さえ心得ていけば、そこにはそこの面白みも湧いてきた。九死に一生を与えることも、同じ顔ぶれの同じ箇所にできた床ずれに絆創膏（ばんそうこう）を貼り替え続けることも、「私がいて、やることがある」という意味では、恐れていたよりも自分にとっては等価値であった。たまに電話でしゃべるくらいになった乃木久美子は、看護主任に抜けられた現場の痛手は深刻だが、そんな考え方もまたあなたらしい、と笑ってくれた。

しかし二年が経ち、村の病人の病状、生活、処方薬が完全に頭に入り、すべてがしっくりと馴染んだ頃、母の病状は悪化して浜島市にある大学病院への入院が決まり、私も共に身を移さざるを得なくなった。そんな時に、彼女は自分の兄を介して、私を同じ浜島の市立病院に推してくれたのである。

彼女の兄が私の目にはどんなふうに映ったか。

言わずもがな、非の打ちどころのない医師であった。独身の。

私は母の眼の黒い内に、何とか「片付く」ことに成功した。

私と夫の結婚が決まった時、唐突に義理の妹となることになったにもかかわらず、乃木久美子はそれ自体には特別大げさに喜ぶことも違和感を示すこともなかったが、挙式を目の前に控えたある時ぽつりと、お兄ちゃんに殴られたりしたことはある？　と奇妙な質問をしてきた。

「ないけど」

「まあ、殴るわけないか。いい大人だもんね」

「ちょっと、殴られてたの？」

「違うのよ。変に取らないでよ。小学生くらいの頃に、たまにみぞおちに拳を突っ込まれたりしたこともあったってだけ」

「うそでしょ。ほんとに？」

「ふざけてたのよ。力の加減がまだ分からないし、弟や妹って、ある時期兄貴が強い男になるためのサンドバッグになるものなのよ」

「考えられない。でも、そう言われればあたしも弟の股間をしょっちゅう蹴ったりしてた」

「あら、姉貴もそうなの？　ね。でも、そんなもんよね、『きょうだい』なんて。気にしないで。ただ、お兄ちゃんが女の人とどんなふうに付き合うのか、あたし全然イメージできなくて。大竹さんが相手だから聞いてみただけ。遠慮なく」

「今じゃ先生にもすごく優しいじゃないの。お兄ちゃんって生き物は、こんなに妹を思いやるものなんだ、ってびっくりする。大人になったのよ」

「でも子供の頃だって、人前じゃ、そうだった」

「そう」

「そう」

「……」

「大丈夫よ。殴りゃしないわよ」

「そうよね」

結局今日に至るまで、夫が私のみぞおちに拳を突っ込むような乱暴を起こすことはなかった。けれど、乃木久美子の言わんとしていたことは、よく分かる。


今から三年ほど前、乃木久美子は救命救急センターを辞め、県庁所在地の海辺に建つ老人病院へと移った。もう救急の仕事はしないのかとたずねると、エネルギーが尽きたと言った。たとえ二人の職場が別々になっても、同じように仕事に首まで浸かる生活をして、同じように家庭生活とは縁遠い部類だったはずの私が、ぽっ、と結婚をして、子供を授かり、職を退いて家に収まった姿を彼女は傍から眺めていて、つくづく眩しく見えたのだという。私が幸せそうだったからじゃない。伴侶を得て、子孫を残し、それを守り、育むというその生活に、生きとし生けるものが脈々と繰り返してきた歴史的な「正義」を感じたからだ。そして、その正しさが「眩しい」と感じてしまった自分は、結局兄のように医師という仕事に対してきっぱりと貪欲になれる人間ではないと確信したのだそうだ。

しかし片方で彼女は、私という人間が、その「正義」に馴染み、それを心から誇ることができる「まっとうな動物」であるのかという点では、大いに怪しんでもいるのである。あいつは非の打ちどころのない「妻」になれたのではない。非の打ちどころのない「仕事」をできるだけである。そのことを知る、私の唯一の穴であるのだ。

そしてどこかで、私がパンクしてギブアップする日が来るのを、楽しみに待っているようなところがある。彼女が人の不幸を喜ぶような質でないことは私が保証する。ただ、とてつもなく「危機的状況」を好みやすい質なのである。本人が自らを兄とどのように比較しようとも、私の見る限り、ともかく「救急医」としては彼女は天才的な適性を持っていた。

「共犯関係が成立してないのよ。自分の面子を守るためについてるくだらないうそを、女房も一緒になってついてくれてるんだ、って自覚がお兄ちゃんにはまるでないじゃない。もうちょっと感謝させたほうがいいんじゃないの」

「感謝しろって言う人に、感謝する？」

「しない」

「割りを食ってる、なんて考えるのってやっぱり間違ってると思う。結局あたし、器量が狭いんだわ」

「そうかなあ。どうしてお兄ちゃんを一番大事に守ってる奥さんが、世間の誰よりぞんざいにされて、痰壺みたいな役割をしなくちゃならないのかと思うけど」

「そういう犠牲を、むしろ喜ぶのが真実の愛ってものだって、テレビで祈禱師が言ってた」

「あほくさ。じゃあお互い痰壺にならなきゃおかしいじゃない。愛し合うのが夫婦でしょ。ぶちまけちゃえばいいのよ。好きなことして」

「そんなわけいかないわよ。あの人に負担をかけるのはまずいと思う」

「正義、だから？」

「だって子供の命を救ってるのよ」

「それが仕事なんじゃない」

「年間何十人、もしかしたら何百人の子供が、未来を彼に助けられてるのよ」

「それが仕事でしょ。あたしだって年間何百人の老人の未来を延長させてる」

「その正しさに、私は太刀打ちできないわ。裏があるのだって、表を保つための必要な要素なのよ。あたしが裏の顔を否定するってことは、彼の正しさが崩れてもいいって言うのとおんなじことなの」

「考えすぎじゃないの」

「子供たちの命がかかってるのよ」

「子供たちのために、大竹さんは辛抱するってことだ」

「あたしにとっても誇りなの」

「表の顔が」

「ねえ、先生。あたしが少なからず彼を支えてるってことは、事実でしょう？　認めてくれる？」

「当たり前でしょ。それ以外にないじゃない」

「ということは子供たちの命もあたしが支えているのよ」

「ん？　まあ、そうよ。そうよね。あなたのおかげでいいと思う」

「じゃああたしが生活を放棄したらどうなるの」

「どうなるって、どうなるんだろう」

「子供たちに死がもたらされるのよ」

「ちょっと。飛躍しすぎじゃない？」

「そうなればあたしは悪魔よ。世界から未来を奪うんだから」

「ねえ、大丈夫？」

「そんなことをできると思う？　あたしは四歳の子供の母親よ。小児科にいたことだってあるの。できない」

「わかったよ。現状維持でいこう、波風立てずに。あたしもそれに賛成する」

「……」

「まあ結局、よく似た夫婦なのかも。あなたも悪者になるのが嫌なのよね」

風穴の存在は人生を助けるが、時にそこから吹き入れる風によって、足をすくわれる。

「でも、そんなの誰でもそうか。帰ります。駿ちゃん帰ってくる頃でしょ。お名残り惜しい、大好きな幼稚園から」

そう言うと、乃木久美子は立ち上がり、あーあ、と言って大きく伸びをしながらくるりと体を回転させた。

「しかしつくづく、洒落た家を建てたもんだよねえ。親元は平屋の間借りだってのに」

「それは先生だってそうでしょ。いいマンションじゃない」

「いやいや、こんなならせん階段はねえべよ。あだすら庶民の出には、足元おぼづかなぐってぇ」

そう茶化しながら、薄手のコートにするりと腕を通した。この人はそう言えば、白衣の羽織り方も若い頃から先輩たちより堂に入って、しなやかで美しい先生だったっけ。

夕食までいたら、と誘ったが、先約があるからと乃木久美子は断った。昔アパートに寄ったら作ってくれた、切れっぱしの野菜妙めをぶっかけたインスタントラーメンなら食べたい気もするけど、と言ったので、今日の昼もそれだったのよ、と言うと、ああ、一人の時は、大竹さんになれるのね、とつぶやいて、家をあとにした。

乃木久美子のいなくなったリビングは、吹き抜けの高い天井にかすかなため息までが反響するようだった。私が生まれ育ったところは、隣同士もでーんと広い畑や田んぼを隔てていて、いつでも静かなところであったけど、都市郊外の、ぎちぎちに壁と壁を隣り合わせた家々の中に巣くうこの、風のない静けさとは違う。

コチ、コチ、コチ、コチ、

生きているのか、死んでいるのか、

生きているのか、死んでいるのか、

時が流れている証のはずの時計の針の音が、まやかしのようだ。

じっと座ってもいられなくて、私は洋服を古いジャージに着替え、足には木綿の靴下を履いて、らせん階段の下に立った。

布巾には、息子の体に合わなくなったTシャツや、夫の古い肌着を端切れにして使うのがいい。やわらかくて、けば立たなくて、小さく引き裂くこともできる。漂白剤を使って一気にじゃぶじゃぶ洗ったのを、四角く切ってためておき、けちけちせずに、使いたいだけたっぷり使っては、ぽいと捨てる。

丁寧に水拭きを済ませて、一切の塵（ちり）を取り除いたら、毎回新しい、清潔な乾いた端切れの布巾にオイルをしみこませて、ムラのないように気を配りながら、紫檀（したん）の板材に伸ばしていく。

磨くのだ。一段一段。

つやつやに。つるつるに。

磨くのだ。磨くのだ。

こうやって、弧を描きながら登っていくらせん階段の上で、こまねずみのように回りながら動き続けていさえすれば、なんとか自分が保てるのだ。この階段が、ずっとどこまでも高く続いてくれていればいいと思う。けれど私はよく分かっている。我が家のらせん階段は、全部で十五段で、今、私が磨いているところが下から四段目の踏み板であるということ。あと十一段で、この階段は尽きてしまうということ。一段を磨き上げるには板の裏側の隅の隅までどんなにしつこく丁寧に仕上げたとしても、かかる時間はせいぜい四分程度であるということ。この階段を磨ききるまであと四十四分。それ以上はかかりえないということ。この暮らしには、未知数がない。

磨くのだ。磨くのだ。

私の未知数は、あの夫に全てやってしまった。あの虚勢と誇りとを混同し続ける夫の、高潔な生業（なりわい）と、品行方正な人間性とを、守るため、それが世界のため。けれど未知数を放棄した代わりに、そんな完全無欠の男が家族にだけ見せるほころびを、かつて私は確かに、舌の先でなめて喜んでいたではないか。小さな秘密の急所に歯をあてて、大きな大きな象の背中に乗っているノミのような気分だったではないか。ちゅうちゅうと、きたない血を吸いとっては、この巨象を生かしているのはおれだ、と一人ほくそえんでいた。誰かと共生する愛も知らず、自分のためにしか生きていけないいびつなアメーバか何かを見るように、あれの妹のことをひそかに笑ったではないか。おれがこの血を吸い取らなければ、あれはいつ倒れるか、分かったことではないのだと、それだけを支えに、この静寂に耐えてきた。これが愛だと思っていた。一人愛した男を悪者に仕立て上げながら。これが愛か。

磨くのだ。磨くのだ。磨いて。磨いて。磨いて。

登りつめると、たまらず二階の小窓を開けてしまった。いつぶりだろうか。風のない外気を、胸に吸い込んだ。

背中のノミが象を生かしてるだなんて、一体何のことだろう。聞いた憶えもない話だった。

　真下を見下ろせば、かつて見たのと一分のずれもない場所に犬小屋はあり、その入り口に鎖の端がちらりと見えるだけで、トーマス君の姿は、相も変わらず小屋の中に隠れて見えないままであった。

「トーマス」

　私は真下に向けてつぶやいてみたが、鎖は、こそ、とも言わなかった。

「トーマス、逃げろ」

　やっぱり何もなかった。

　案外トーマス君は、この生活を気に入っているのかもしれない、と思った。

＊

　冬眠する毒蛇たちのようにこの列島の下にうようよと潜む活断層が、あらたな餌食に選んだのはこの町だったか。

　どろどろどろどろ、というふるさとの雷鳴に似た轟きに目を開けたのは、近頃夜中にトイレに起きるようになった夫が、その晩も寝室を出て行ってすぐのことだった。

　被っていた布団を跳ね飛ばして、駿平、と暗闇に叫んだ。廊下に飛び出して、一階に作った駿平の子供部屋へ向かおうと階段に足をかけた時、ぼんやりとあかい電灯の光を受けて妖しく黒光りする踏み板と踏み板の隙間から、階下の床にあおむけにひっくり返った夫の姿が見下ろせた。

ぐぐうう、と唸るような声をかすかに出して、見れば膝から下があらぬ方角を指してねじ曲がっている。

はっ、と私は息を飲んだ。

しかし辺りは大地震の起きた気配とはほど遠い静寂に包まれて、見れば小窓の縁に飾られた小さな写真立ても、吾亦紅（われもこう）の茎をくわえたガラスの一輪ざしも、その中の水も、いつも私が見る風景と同じ、時間の止まったような表情のままであった。

ああ、きっと毒蛇も眠ったままなのだ。駿平もまた。

さっき寝床の中で聞いた轟きは、このつるつるのらせん階段が彼の足を飲み込んだ音だったのだ、と私は理解した。

冷たい階下の床に、夫の頭からじわりじわりと赤黒い液体が流れ出ているのが見えた。私の体内の、血管という血管を走る血が、一旦ぴたりと走ることをやめて、その中の濃い成分が一斉に、下へ下へと静かに沈殿していくような感覚が走る。まるで雪の朝に表に出た時みたいな、清潔な気分だ。私は息を吸い込んだ。自分の意志で大きく息を吸って、吸って、吸い込み切ると、静かに沈んだ血の澱（おり）に、一斉に膨大な量の酸素が送り込まれて、ぼわっ、と引火するのが分かる。とどまっていた血が、一気に沸点に達する。ぐつぐつと音を立てて、全身を蒸気機関車のように血が巡り始める。この感覚を、私はよく知っている。

身体には、すでに万全な熱さが巡ってきた。始動の時だ。右手にしっかりと手すりを持って、そして最大限の軽やかな足取りで私はらせん階段を下り始めた。

「あなた！」

「ぐううう」

「どうしたの、滑ったの」

「見れば分かるだろ。起こしてくれよ」

「動かないで。頭から出血してる」

私は夫の体を飛び越えてリビングに走り、クッションと膝掛けの毛布を脇に挟み、電話の子機をつかむと、棚から懐中電灯と、清潔な端切れの布巾を抱えられるだけ引っ張り出した。

「目を開けて。照らすわよ」

「眩しい。いいから早く上に連れてってくれよ。もう寝ないと」

「救急車呼ぶからね。心配しないで」

「やめてくれ。こんな夜中に。考えろよ」

「頭動かさない。傷がありますからね。じっとしときますよ」

ぐづぐづと赤黒く濡れた頭皮に、端切れの何枚かを束にしてそっと当てる。

「二件なんだ。動脈管開存と心室中隔欠損症。明日」

「もしもし。救急です。東区美の里ヶ丘五丁目四番地十三号。中央公園東側の一戸建てです。自宅階段から転落して側頭部から出血して止血中です。四十五歳の男性。名前は乃木啓一郎」

「ちょっと。ここで寝かせるなよ。上で寝たい」

「意識はあります。会話もしてますけど、右目の瞳孔反応がありません。それから右足が曲がってます。そっちの出血はないですが。よろしく」

「やめろ。くそ。病院なんか行かないぞ」

「傷を触らないで」

「おれの仕事の邪魔する気か」

「まさか。あり得ないわ」

「何をあててるんだよ。サンフランシスコの学会のTシャツじゃないか」

「よかった。記憶がはっきりしてるのね。でもあなた、もう着ないって言ったのよ」

端切れにプリントされていた医学会のシンボルマークが、私の右手に握られたまま、じわじわと動いて広がる夫の鮮血に染められて消えて見えなくなっていく。

「寒いよ」

「そうよね。毛布をかけましょう」

「足が滑ったんだ。眠たくて、よろけたら」

「疲れてるのよ。無理もないわよ」

「床が滑らないか？　いつかやると思ってた」

「いい床材だもん。あなたが選んだ紫檀。硬くて丈夫な、艶のいい木がいいって言ったのよ」

「頭割れてるか」

「少しね。でもきっと二、三針。もう血も止まるわ」

私は新しい端切れを細く引き裂いて包帯代わりに頭に巻きつけ、手で添えていた束を固定する。

「気分が悪い」

「戻しちゃうかもしれないわね。少し横向きになりましょうか」

首が動かないように用心しながら、腕と体幹に力を込めて、夫の体ごと横に傾ける。

ああ、この重み。

「人に言うなよ」

「言いません」

「おれ、だめになるのかな」

「だめって何のことよ」

「おれがだめになっても泣きもしないだろ」

「あなたには救わなきゃならない子供たちがいるのよ」

「おれよりおれの仕事が大事か」

「変なセリフね」

　ちょっと痛いですよ、と言って夫の右足をまっすぐにして、台所にたたんであった段ボールを添え木代わりに足に巻きつける。

「あーあ」

「痛いんだよね。もうちょっとよ」

「ちょっと鏡を見てみろよ」

「あら私？　ひどすぎる？」

「昔のあんたの表情だ」

「なあに。どういう表情よ」

「いやな感じ。いい顔をしてる」

「いったいどっちよ」

鏡を見に行く暇はないけれど、確かに私の手は、自分でも、少し見惚れてしまうくらい、いやに華麗に、ひどくしなやかに動いている。

「寒い」

「大丈夫。ほら。しっかりしてよ。明日はオペよ」

毛布の上から、ごしごしと盛んに手を動かして夫の体をさする。

ああ。生きている。生きている。

トーマス君、私にもパンが落ちてきたみたい。

「だんだん朦朧としてきたよ」

「聞こえるでしょう、サイレンが。もう救急隊が到着します。心配ないわ。あたしを誰だと思ってるのよ。あなたを死なせたりしないわよ」

ごしごし、ごしごし。

ああ、なんて感覚。楽しい。楽しい。生きていることって、こんなに楽しいことだったの。

ありがとうあなた。あなたは命の恩人です。

夫の頭上に、目を覚まして起きてきた駿平が立って、泣き顔になっている。少し息が荒い。

ほどなく救急隊員が到着し、呼び鈴を鳴らし、意識が混濁していく彼を抱えて救急車に運び入れた。今度は駿平の喘息を治めなければ。薬を吸引させて、その体を毛布でくるむと、よいしょ、と横抱きにして、一緒に救急車に飛び乗った。なんだ、この子も随分重たくなって。時間は確かに動いていたのね。泣かなくていいのよ駿平。この世の中は、めぐる光に満ちているんだから。

若い救急隊員はこうたずねた。

奥さんですね。

はい。私は看護師です。

ディア・ドクター

にょっきりと老婆の手が伸びてきて、ぼくに缶コーヒーを差し出した。はっとしてその手の主の顔を仰ぎ見た後、ぼくは再びうつむいてプルタブを引きながら、それが間違いなく母の手であるのだということを、じっくりと自分に言い聞かせた。

そういうことはいつか来るものだと知っていた。たじろいだりするのはいやだ。けれどそれにしてもその肌の色は、ぼくが知るかつてのやわらかな乳色とはあまりにもほど遠く淀み、手の甲の静脈は干からびたミミズのように浮き出して、指の節は、むかし祖父母の家の裏にあった古い柿の木の幹のこぶを思い出させた。

ぼくの家族と両親とは、互いの家から歩いて十分もかからない場所に暮らし、月に数回は顔を合わせて一緒に食事をする。気が向けば並んで母の洗い物を手伝うことだってある。それなのにぼくは母の手など、一度もまともに視界に入れることもなく暮らしてきたのだ。いや、いつだって視界には入っていたのに、今日までそんなふうに見えなかったたけなのかもしれない。今日、父が倒れた。

ぼくは職場の実験室に入って、「マイクロマシン」と呼ばれる一ミリにも満たない高機能の超小型ロボットをピンセットでいじくっている真っ最中だった。カメラメーカーの研究開発部門に属するぼくは、一日のうち大半を、真っ白な壁に囲まれたこの実験室の中で過ごす。やってること自体は単純だ。五センチ四方の薄っぺらい樹脂の基盤の上に、「マイクロ」な機械をきちんと狙いの位置にひっつけて、かつ正常に機能し続けてくれるかどうかを調べている。それでも数カ月に渡って繰り返してきた実験の成果をもとに、ようやくたどり着いている作業なのだ。誰にも邪魔されず、とってかわられる危険もなく、それでいてこの瞬間はほとんど頭をからっぽにしたまま、ひたすらに没頭できる、ぼくの人生で最もスリリングな時間だ。ぼくは一切合財を忘れる。ぼくを取り囲む社会。ぼくの職業的意義。ぼくの給料。ぼくの家族。ぼくの将来。大切なものも、そうでないものも、すべてをひそかに忘れる。この機械がいつかぼくの会社に跳躍的な貢献をするかもしれないが、それさえもどうでもよかった。中学二年のぼくが、お年玉で買ったエアガンの部品をすべてばらして、火薬代わりに爆竹を装てんできるように改造していた時の精神構造と、実は何らの変化も進歩もない。あの時だって、「友だちとの撃ち合いに勝利するため」という目的があったけれど、それはあくまでも名目上だった。

友だちのジャージが焦げて弾が貫通し、のたうちまわるのを見ては味方同士で腹をよじらせて笑っていたけど、でも本当は、そこに至るまでの静かで緻密なプロセスが、ぼくにとっては何よりもかけがえのないひとときだったのだ。

あと少し。あと少しで、この小さな小さな部品が基盤の正確な位置に取りつけられる。ぼくの右手に握られたピンセットの先が、角度をわずかに傾けて、きらりと光を受けたその時、実験室の出入り口が開き、後輩の安本の声が、ぼくの名前を呼んだ。「電話かかってますって。奥さんから」

叫び出したいような苛立たしさが胸の奥に湧き上がると同時に、髪の毛のように細くて冷たい針が一本、そこをめがけてつーっと刺し込まれていくような不安を抱いた。勤務中に身内から電話がかかってくるなんて——。ぼくは五年前のことを思い出していた。しかし今度は妻本人がかけてきた。そんなことはこれまで一度もなかった。

父はゴルフ場のクラブハウスで倒れたらしい。一緒に行っていた友人から連絡を受けた母が、ぼくの自宅に電話をかけてきたのだった。ラウンドを終えてから風呂に入って休憩室で一休みした後、隣で横になっていた一人がそろそろ行こう、と声をかけたところ、父は目を開いたかと思いきや、突然がくがくとけいれんを起こし、すぐさま救急車で市内のK総合病院に運ばれたようだと妻は伝えた。

「救急車？」

「そう言ってたけど」

「どうして」

「どうして？　だって倒れたのよ、お義父さん。わかってる？」

「まあ、そうだよね」

でもぼくらには救急車を使っちゃだめだ、とあんなに言っていたのに。

父は大学病院や総合病院に勤めた外科医だった。訓示めいたことを家族にほとんど言ったことのない父親だけれど、救急車に関しては、よほどの急を要する容態の人が使うものだし、それに自分で病院を選べない。用心しろ、と言っていた。ぼくは小さな頃からよくけがをした。学校の階段の踊り場から踊り場までモモンガのように一気に飛び降りて、脛骨(けいこつ)をぼっきり。鉄棒で月面宙返りを成功させると言って、鎖骨をぼっきり。教室で友だちとブレーンバスターの習得中にストーブの柵を突き破り、やかんのお湯が大事なところにざっぷり。高校の時はスキーで転んだ拍子に後ろから来たスキーヤーに颯爽と手を轢かれて中指・薬指がぶらんぶらんに。火災訓練中の階段で将棋倒しが起きて、九十キロのモリオカフサコちゃんの下敷きになって頭を押し潰された時は耳から血が流れ出し、大学に入っても泥酔しながら自転車で転んで肘から先の骨を両腕ともへし折った。色々やったけど、どのけがの時も父の言いつけ通り救急車は呼ばせなかったし、骨ならどこ、やけどはどこ、頭ならどこ、と向かうべき病院の名前は知らず知らずのうちに頭に叩き込まれていた。

けれどその父が救急車に乗ったという。とたんに、父という人格がこの地上から浮かび上がって遊離しているような気がした。受話器を握る手の平の汗腺が一斉に開き、ちりちりと痒(かゆ)みが走った。

あの人はもう知っているのだろうか。

電話の向こうで病院への行き方をはきはきと説明する妻の声を遠く感じながら、ぼくは、長いこと会っていない兄のことを考えていた。

病院に着いて、看護師さんに導かれるままに集中治療室へと足を踏み入れると、ぼくが被せられたのと同じ、抗菌のナイトキャップのようなものとガウンを羽織った母が、医師らしき男性と二人、ぼくを待っていた。父はベッドの上で固く目を閉じていた。薄緑色の患者衣を着せられて、口には否応なく太いチューブをくわえさせられ、体のあちこちから、管を通されていた。すっかり、テレビでよく見る、「植物状態」の人間のかたち。

ウソだ！　ぼくは、とっさに叫んでその手をとった。

「おい！　おい！　お父さん！」

　ぼくは父の頬を、ペシペシと叩いた。

「ちょっと、やめなさい」

　ベッドの脇に立つ母がいさめたが、ぼくは構わず父の体をつかんで揺さぶった。

「お父さん、起きてよ！　ねえ、慎也だよ」

「やめなさいったら、あんた」

「やめねえよ。なんでだよ。なんでこんなになっちゃうんだよ。起きろってば！」

「あの、眠らせてるんで、これ」

　医師らしき男が口を開いた。

「薬で寝てるんだってよ」

「え。目は覚めるんですか」

「まあ、覚めますよ。運ばれてきた時、気道が半分塞がってる状態でしたから、気管挿管して人工呼吸器つけるのに、眠ってもらってるほうが、楽なんで」

「植物人間になったんじゃないんですか」

「いやあ、まあ、そこまではいかないと思いますけど」

「なんだ」

「なんだじゃないでしょ」

「なんだはないよ」

「すみません」

先生はＣＴ画像に映った左の大脳の脳梗塞を見せながら、すでに脳が腫れて来ているのでこれから危険ですからね、と言った。

脳梗塞の範囲が大きいので、言語中枢をやられると言葉の扱いに影響が出るという。ゴルフ場から救急車を呼んだのは、父がリタイヤ後に通い出した老人大学で仲良くなった人たちで、中に医師は一人もいなかった。父は顔をゆがめて懸命に何か訴えていたが、「オー・オー・オー」と聞こえるばかりで、何を言おうとしているのやら誰も全く理解できず、そのあまりに奇妙な声に、むしろ気でも触れたかとさえ思われたらしい。救急隊が到着した頃にはまどろみ始め、名前を呼びかければうっすらと目を開けて反応するが、途絶えればことんと眠りに落ちて、ぐうぐうと大きないびきをかいた。

「お父さん、ひょっとすると〈ノウ・コウ・ソク〉と言ってらしたのかもね。お医者さんだから、自分でおかしいぞって感覚がひょっとするとあったのかもしれない。プレイの途中から予兆を感じたりして」

「ちょっと待って。〈ノウ・コウ・ソク〉が〈オー・オー・オー〉になるんですか？」

「いや、推測にすぎませんよ。違うかも」

「でもそれくらいひどいしゃべり方になるってことなんですか」

「なんとも言えません。回復には個人差がありますけど、しかし年齢を考えると、全体の機能が落ちていきやすいのは事実ですね。体が動かないのが高じて、認知症が進む傾向にある」

「オー・オー・オー」だなんて。ベテランの声優並みにきれいな発話と滑舌で歳に似合わないキレのいい冗談を言って、ついこないだぼくらを笑わせていた父が、そんなフランケンシュタインの怪物みたいな言葉づかいになるものだろうか。父の寝顔はいつもと変わらず、端整な面立ちだった。地肌が多少透けてはきたものの、普段きっちりと後ろになでつけられている銀色の前髪が、今日は少し乱れて額に下りて、かえって若々しくも見えた。ただ、当直仕事が体に染みついている父はかつて、夜中にぼくが台所でポットの湯をコポコポと沸かしただけで起き出してきてしまうような体質だった。いくら鎮静剤の効果だと言われても、こうしてぼくらが枕元でどんなにしゃべってもおかまいなしに奇妙な寝息を立てていることは、それだけでもう父が父でなくなってしまったことを証明するようで不思議だった。

病院に泊ってもいいんでしょうか、と母が問うと、医師は、「どちらでも。でも、まだ先が長いですよ」と退屈そうに答えた。

廊下の暗いブルーのリノリウムの床が、油を引いたようにあざとく照らついている。

母はぼくの隣に腰をおろし、自分も缶コーヒーのプルタブを開けて、ぐびりと喉を鳴らして中身を流し込んだ。

老いた母と缶コーヒー。この数時間のうちに、変な取り合わせだけれど、すする格好が不思議にさまになっていた。この数時間のうちに、母はすでに「動揺」とか「不安」という部類の感情を卒業して、すべてこれから起こることを受け入れようと決意を済ませたかのようだった。三口ほどであっという間にコーヒーが缶の底をついてしまうと、ちょうどこの廊下みたいな薄暗い地下道で、長いこと体一つで暮らしてきた女のような、乾ききった溜息をついた。母はそんな女を、じかには目にすることもない暮らしをしてきた人間なのに。女って、いつでも変われるんだろうか。

「どうだった、お兄ちゃん」

母が口を開いた。

「うん。留守電だ」

「取れもしないのに、何のための携帯電話なのよ」

「仕事してんだ。誰だってそうだよ」

母は、「よくわかってる」と言うように、もう一つ深い息をゆっくりと吐いた。

「職場の連絡先、分からないの？」

「前に帰ってきた頃は、まだ別のとこだったもの」

「いつ」

「忘れた。でも春ちゃん生まれる前よ、きっと」

「え？　だってもう四歳だよ」

「会わせた記憶ないでしょ」

「ないね」

時計は夜の七時を回っていた。

「お母さん、今日は帰るわ」

母は空き缶を持って立ち上がった。

「待ってて来なかったら、責めてるみたいになるから」

「うん。おれ、残ってみるよ。来た時一人じゃ、あの人どうなるか分からないから」

「ふふふふ。そうよね」

母は口の端をくい、とゆがめて笑った。その悪戯っぽい笑い方は、母が兄にまつわることに対してしか浮かべない種類のものだった。それ自体、目にするのも懐かしかった。

母は「薫さん来るの、目が覚めてからでいいからね」と言い残すと、ぼくの分の空き缶もひょいとつかんで歩き出した。

ぼくの兄は、父を太陽だと思っていた。

父は、ぼくらが子供の頃は県内の大学病院の外科に籍を置いて、文字通り連日連夜仕事に明け暮れていたように記憶している。学校から帰って来ると、お父さんが寝てるからと母に言われて声をひそめなければならない日が、月に何度もあった。あとから母に聞いたら助教授までは務めたのだというが、当たりがやわらかなわりに職場では不器用な職人気質だったようで、出世にまつわる色々をとかく面倒がった。ぼくが高校生になった頃、ある朝、玄関先で母に一言「大学やめてくる」と言い残して出かけて行ったことがあった。あまりに唐突だったので、母は聞き返すこともできずにそのまま見送ったが、父は翌朝からもきっちりと同じように家を出て行った。はて聞き違えたかと思ったきりそのままにしていたら、数週間たって背広のポケットから取り出した定期券の降車駅が全く変わっており、たずねてみれば「そうだった」と再就職先の一般病院の名刺を差し出されたのだという。忙しさに大して変わりはなかったが、十数年勤めた大学には何の未練もなさそうに、その後は一勤務医として務めを果たしていた。

兄は子供の頃から、父が帰宅すれば今日は何をやってきたのかと、目をきらきらさせてよくたずねていた。父もたずねられればぽつりぽつりと手がけてきた手術の話などをし始めたが、教壇にも立ったりするせいか、いったん話し出せばまるで幾度もくりかえし話してきたような明朗な話の組み立て方をするし、またその内容は実際の人の生き死にに直接関わっているものなので、下手なドラマや映画よりも迫力のある話が底をつくことなくポンポンと出てきたものだった。

兄が父に完全に参ってしまっていたのも、無理はないと思う。病を打ち砕き、人の命を救うハードな現場に身を置きながらでも淡々と仕事をこなしている父は、確かにぼくから見ても相当クールだった。中学生くらいの頃、テレビで『白い巨塔』をちらっと見たけれど、正直言って田宮二郎よりうちの親父のほうがイケてる、と思って、本人にそれを言ったら、鼻の先で笑われて終わった。でもそういうところが、父のイケてるところだとぼくは思っていた。同じ頃、ぼくにギターを教えてくれた奴で、開業医の息子というのがクラスにもう一人いたけれど、そいつの親父の口癖は「こっちは医者なんだからさ」というものだったそうだ。僕と二人でブラック・サバスにハマってたそいつは、おれ、いつか親父を刺しちゃいそうだと悩んでいたけど、父がもしもそんな医者だったとしたら、ぼくもやっぱり同じことで悩んだと思う。

つまるところぼくは、医者という仕事に全く興味を持てなかったのだ。けがをしすぎて、病院というところに心底うんざりしていたから。理由はたったそれだけのことだ。子供の頃から数えると、はっきり言ってバカでムカつく医者にも相当数出会ってきたし、間違っても病院を生涯の職場にしたいと夢見ることはなかった。けれども兄は何か機会が許せば、父の職場へ付いて行きたがり、兄に引っ張られて大学祭に連れて行かれたことがあったが、ぼくにとってはかまきりの卵探しのシーズンであり、迷惑千万だった。たこ焼きを食ったり輪投げをやったりまではよかったが、兄はついに本丸攻め、とばかりに入ったカビ臭い父の研究室で、いつまでもまじまじと机の周りのこまごました物を眺めたり、外国語で書かれた分厚い本の紙の匂いを嗅いだりしていた。さっぱり気持ちが理解できず、ぼくは革張りのソファーで鼻ちょうちんを膨らませていた。

しかし親の愛情というのは皮肉なものだ。

「大人になること」は「うちの父になること」だと信じて生きている兄が、きらきらとしたまなざしで父を仰ぎ見れば見るほど、不思議に父は兄に対して背を向けるようになったように思う。朝起きて、初めに声をかけられるのは、決まってぼくのほう。

「出たな、石川五右衛門。髪の毛見ろ慎也、とんでもないぞ。――おはよう、お兄ちゃん」

「お前、また歯磨かずに寝たな。うわぁ、口から毒ガスが出てる、助けてくれぇー。――おはよう、お兄ちゃん」

父がぼくにかける言葉は気兼ねがなくて、辛口で、互いに意味のない冗談を言い合う間柄だったが、兄に対してはいつもどこかに遠慮が挟まった。大したことでもないのに、ほめてやることも多かった。悲しいことに、兄にとって、父から有り体のことばでほめられるのは、ある意味教祖直々の、信仰の否定に等しいことだった。お前が思うほど、おれは高みにはいない、と言われているようなものだ。

兄は本来、決して大人からほめられるような子供ではないのだ。けた外れに活発で、馬鹿げたことが大好きで、はっちゃけていて、ぼくと二人、転がり回るように無茶をやって育った。不思議にけがをしないのだけが兄の特徴だった。しかし同じように無茶をやっても、ぼくは父に笑われるか叱られるかだが、兄はよそよそしい甘口でアドバイス、ということが募ってしまうと、ふざけ性の人間の不可思議な特性で、次第に兄は父の前では体をこわばらせてしまうようになった。そして、そのストレスを爆発させるように、学校や遊び場で、兄はよりいっそう闇雲にふざけ通し、人を笑わせ、教師に叱らせた。家を出ればどこへ行っても「あのふざけた奴」で通っていて、人気を博していた。ぼくはそういう兄を自慢に思っていたし、何度ゲラゲラ笑いすぎて、腹膜を破られると思ったかしれない。

特にぼくが好きでたまらなかったのは、半ズボンを膝までずらして、蒙古斑のうっすら残ったお尻の肉に白いブリーフを食い込ませ、「青っ尻！　青っ尻！」と叫びながら、目一杯反り返らせた手の平で激しくお尻を叩いてよちよち歩いてみせる兄の踊り。

それを見ていたぼくは、今思えば無分別な六歳児だった。ぼくとふざけ合える「ミスター・ジョーク・父」と「キング・オブ・コメディ・兄」の両者の仲をいつか取りもって、完璧な笑いのトライアングルを完成させたいと夢想していた。

父と一緒に夕食を囲むことができたある晩、ぼくは兄にせがんだ。ぜひ、あの例のやつをやってくれ。お父さんの前で。ほら。やって。あれだよ。何、じゃなくて。言ったら面白くないじゃん。何でやんないの。やってってば。

父は見かねて言った。

「何だ。どうするんだ」

すると兄は、一瞬電流が流されたように立ち上がった。

ぼくは手をたたいて喜んだ。

「イエーイ！」

しかし、食卓の脇で棒立ちになった兄は、しばらく押し黙った後にとんでもなく間抜けなタイミングで、「やります」と言った。

ぎょっとした。何を言うんだこの人は。不意打ちが命の芸なのに。そんなこと、これまで一度も言わずにやってたじゃないか。

まるでお能か何かのようにそれはしずしずと始まった。兄の声は普段の半分も出ていなかった。羽虫の飛ぶようなか細い声で、時に変なタイミングでつばを飲み込んだり、息継ぎをした。

母はケタケタ笑った。

「ばかねえ」

　ばかはお前だ！　ぼくは叫びたかった。解りもしないくせに、適当に笑うな！　この程度の出来で笑うなんて、兄貴に失礼なんだよ。

　兄の額には、じっとりと汗が浮かんでいた。

　青っ尻（ちり）……と口ずさみながら、ちら、と一度、父のほうを見た。

　よせ。そんな、正気の表情をのぞかせるのは。どうしていつもみたいにやらないの？　誰の顔色もうかがわず、どこか天上の、未知の聖域にたった一人でたどり着いたような、あの神がかった異様な目つきで。兄の担任の先生が、叱りつけるのをいったん後回しにして、とりあえず腹を抱えて笑ったというあの勢いで。あの自信で。兄貴。なぜだ。

　父はじっと眺めていたが、気の毒なほど、明らかに笑うタイミングを逃していた。申し訳程度に、「ふふ」と小さく笑い声を出しながら、グラスに入ったウイスキーに目線を逃がした。

　なんでそんな笑い方しかできないんだ！　解るけど、兄貴に失礼なんだよ。

　ぼくは追いつめられた。何とか父にも理解してもらいたくて、母の誤った笑いどころを正すべく、それを打ち破るような声でぎゃあぎゃあと派手に笑って見せた。お父さん、そうじゃないんだ。解って。

　しかし、小さな炎が消えゆくように、静かにショーは終わった。

「おわり」と言って、兄は席に着き、伏し目がちに食事を再開した。

「ふふふ」

父はまた低く笑い声を出した。

「すごいな」

またほめた。

「おかしいよ」

作戦は失敗した。ぼくは自分の出しゃばりに心底嫌気がさした。兄はそれっきり、二度とぼくらの前でお尻をめくらなかった。


廊下を行きかう医師や面会の人々の数もいつしかまばらになって、生ぬるく重たい空気がゆっくりと沈殿していくようだ。

ブーン、という低い音を立ててＩＣＵの扉が開き、中から出てきた看護師さんが、沈みかけていた気体を軽やかにかき混ぜたかと思うと、ぼくを認めて声をかけてきた。

「もう面会時間終わりますけど、今晩待機なさいますか？」

「何時までですか、面会」

「八時までなんです。家族控室、ご案内しましょうか」

「あの、兄が、多分、来ると思うんです」

「何時頃お見えですか？」

彼女はぼくよりも一回りくらい若かったが、相手の言葉尻の落ち着きを待たず間髪入れずにカウンターを入れてくるタイプだった。その感じが、普段の好みから言えば嫌いじゃないはずなんだけど、なんだか今日はすごくぼくを滅入らせた。

「それがちょっと、分からなくて。とにかく、すごく遠くに住んでるらしくって、実はぼくもよくは知らないんですが――」

「待機なさるご家族でしたら、消灯前の十時に、少しだけお通しすること、できますから。ね、また言ってください」

頬の内側に、口角を持ち上げる強靱なスプリングが入っているような訓練された笑顔を残して、彼女は廊下の先へと足早に去って行った。

兄は遠く、北国に近いあたりの僻地(へきち)に暮らしているのだという。

母の言うその地名からぼくらの住む街まで、まっすぐ来たとしても、一体どのくらい時間がかかるのだろう。

それとも兄は、ここへ向かってはいないのだろうか。

その声色が父に似た心地よい低音に安定してきた頃、兄は、夕闇が降りていくように、ゆっくりと自分のほうから父に背を向けるようになった。

ぼくはずっと後になってから、熱に浮かされたように女の人に入れあげた末、箸にも棒にもかけられずに体よくあしらわれて、それでもなお夜になったらその人のことを考えてしまうような経験をしてみて、ようやく兄の気持ちが分かった。兄は、父に恋をしていたんだと思った。

兄はもう無邪気に父の仕事の内容を聞きたがったりもしなくなったが、しかしそれでも一人密かに医者になる夢は守り続けていた。部屋にこもって受験勉強をするその姿はまるで、ラブレターを書いている少年のようだったのを思い出す。

母が夜食を要るかどうかたずねに行ったり、ぼくがアンガス・ヤング風に頭をめちゃめちゃに振りながら、エレキギターをかきならして部屋に突入したりすると、兄は慌てふためいて机の上に広げた参考書の表紙を隠そうとするのである。

ぼくも母も、兄が医学部志望であることに茶々を入れようなんて思ってもいなかったが、兄は、その思いを、情熱を恥じ入って、胸の内に必死で匿（かくま）おうとしていた。

恋は恥じゃない。ぼくはその情熱を陰ながら応援した。たとえ、兄が、分数計算以上の算数がすでに怪しい、完全な理系音痴だったとしても。

母の話によると、それでも一度だけ、兄は父に告白をしたことがあったのだそうだ。

「ぼくも、医者になろうかと思う」

するとそれを聞かされた父は、顔をかすかにゆがめ、うーん、と唸るような溜息とともにばつの悪そうな笑い方をした。そして長く黙した後、「世の中にはいろんな生き方があるからな。よく考えたほうがいい」と言葉を添えた。

その時の、深い穴のあいたような兄の表情を、一生忘れないと母は言った。

兄の絶望の種は、ほんの些細なことである。身を焦がすほどあこがれた父から、一度も「お前も医者になりなさい」と言われなかったということだ。ぼくの幸運が、兄には悲運だった。

その晩母は、兄のもとへ行って、父を補足した。

「ねえ、聞いて。お父さんね、一昨日患者さんを亡くしちゃったのよ。まだ二十九歳の若い男の人で、すい臓がんで、お腹を開けてみたけど、もうどうにもならなかったんだって。赤ちゃんが産まれたばっかりで、残されちゃった奥さんに泣かれたの。どう思う?」

「ひどい」

「うん」

「何て言っていいか分かんないよ。かわいそうで」

「そうよね」

「何なの」

「お父さんのことを話すわよ」

「……」

「お父さんも、その奥さんが気の毒だと思うし、どうすれば死なせずにすんだのか、他に手はなかったのか、とは延々考えるの。それ以上はぼんやり霧がかかったようで、何とも思わないんですって。感じないの。でも、もちろん涙も出ない。お医者になる前は、人が死ぬってことをどんなふうに感じていたのか、もう、思い出すことも難しいんですって。万が一、お母さんやあなたたちが自分より先に死んだりするようなことがあった時、もしも何も感じることができなかったら、って――もちろんそうじゃないとは信じたいのよ――でも、時々ものすごく怖くなるらしいの。それがお医者の宿命なのかもしれないけれど、お父さんは、あんたたちに、そういうふうになられるのが、たまらないと思ってるの」

それを聞いた兄貴は何て言ったの、どんな顔をしたの、といくらたずねても、母はぼくに教えてくれようとはしなかった。

告白さえしなければ、壊れずにすんだ恋もある。

兄は結局、誰にも相談せぬままに医学部受験をやめて、東京の私立大学の社会学部に入学した。

住むアパートも見つかり、自分の部屋で荷造りをしている兄のそばに行って、ぼくはたずねてみた。

「医者にならないの」

「ならないねえ」

「なんで」

「面倒くせえよ」

「なんで」

「お前、この中でなんか欲しいレコードある？」

「ある」

そのまま話はぐじゃぐじゃになってしまい、兄は行ってしまった。

その後、少なからず罪の意識を抱えていた母が食卓で父に向かってぽつりと言った。

「ほんとによかったのかしら。社会学部って、どんな勉強するところ？」

父は新聞から顔を上げた。

「おれが知らない勉強だよ。なあ、あいつは一体、何になっていくかね。楽しみだなあ」

そう答える父の瞳は瑞々(みずみず)しく、その声はしみじみと響いた。母はそれ以上何も言わなかった。

しかし兄は何になろうとする様子もなく、無為に大学生活を送っていった。バぐうたらタバコを吸って、安物のウイスキーを飲んで吐いて、異様な髪型にして、バイトして麻雀してセックスして、ギターをいじくってレコードのライナーノーツを読んでたら、四年が過ぎてた――。というのは数年後のぼくの話だけど、およそそんなものだったろう。

年々、家からは足が遠のいた。卒業後、旅行代理店に就職したが、盆と正月は稼ぎ時と言って、節目にも兄が家に帰ることは少なくなった。

父の理数系の血を受け継いだぼくは、片目をつむっていても数学と物理はあらかた点が取れ、高校の先生から「電機と機械は潰しが利くぞ」と言われて地元大学の工学部へ入ったけれど、前述のような一切合財をすべて実家で実践したので、母親には随分幻滅をされた。ぼくもいい歳こいて親離れせず「バカ」とか「死ね」とか暴言を吐き捨てたりして、一時は親子関係もめちゃくちゃ、帰って来ない兄のほうが懐かしがられたものだけれど、そんなほとぼりも冷めてみれば、結局のところ所帯を持って、いわゆる「スープの冷めない距離」に住みついて、孫を抱かせるのもぼくの仕事となっていた。

二十八歳になったぼくの結婚式に帰ってきた兄は、こざっぱりと髪を刈りこみ、顔は健康的に日焼けして、恰幅(かっぷく)の増した体には、スーツもよく似合っていた。

数年前から医療機器メーカーに入り直して、営業をやっているのだと言った。旅行代理店の時のお客さんから「見込みがある」って引っ張られてさ。おれ、結局病院マニアだし、と自嘲気味に言った。

「ノルマとか、大変なんじゃねえの」

「そりゃ、あるよ。鼻先に〈ボーナス倍増〉って書かれたニンジンぶら下げられてケツ叩かれるんだ。その代わりマイナス出せば社中引き回しだぜ。ぶんぶんぶんぶん、アブみたいに医者の周りを飛び回って、酒飲ませて女抱かせて、飼い犬の散歩したり、自宅の雪かきやったり、愛人と飯食う場所のディナー券とったりしながら、医者の靴舐め舐め、なんとかしのいでるよ」

「ひどいのがいるんだな」

「そんなもんだぜ、大方よ」

兄は、持ち前の明るさを存分に仕事に生かしている様子で、家を出て行った当時よりも随分と軽みを増していた。その日初めて会ったぼくの妻に対しても、花嫁姿を持ち上げ、転がし、笑わせて、終いには抱きあっていた。これなら医者にも看護師にも事務方にも受けるだろうな、と納得したが、文字通り、医者を舐め切ってやろうという様子が、かつての父に対する思いへの反動のようにも思えて、ぼくには痛々しかった。ぼくらの座らされた高砂(たかさご)席から見える家族のテーブルで、父のグラスにこなれた調子でたびたびお酌をする兄の姿が不純な感じで、たまらなくいやだった。ぼくはなんだか悔しくて、不覚にも、そんな日にそんな理由で、涙を落とした。しかし「おやおや、新郎もこの喜びに、感極まった様子でございます」と目ざとい司会の女が大声をマイクに通し、会場は、歓声と、拍手に沸き、その日一番の盛り上がりに達した。涙の理由が、正確に理解されることは少ない。

その後の兄のことは、ほとんどぼくは何も知らない。

母方の伯父さんが死んだ時の葬式に現れたことがあったが、それ以外は、たまにふらりと実家に帰ってきて、わざわざぼくを呼び立てることもないまま、すぐまた発った。数年後には世話になった病院の重役から誘いを受けて、メーカーをやめて、そこの事務職についたと聞いた。

「お給料だって悪くなかったはずなのに。なにかいいことがあるんでしょうか」

「あるんだろうさ。どうでも、誘ってもらえるのはあいつの人望だ」

たまに電話で話をしても、所帯を持つ気配もなく、ただ境遇の移り変わるだけの兄に心を痛める母の言葉も、父は相変わらず杞憂(きゆう)としか受け止めず、飄々(ひょうひょう)と聞き流した。

その後も何度も職場を転じて、今では我が家から陸続きとは思えないほど遠く離れた寒村の、医師が一人と看護師一人でやっているような小さな診療所で、事務を任されて働いているのだそうだ。

どうしてそんなところに行ったのかは、本人に聞かなければ分からない。結局兄は、自分でも言っていた通り、ぶんぶんぶんぶん、医者の周りを飛んでいなければ、生きていけない性分なのだろうか。

それでも父は悠々として、言うのだった。

「診療所の周り一面田んぼだなんて、想像できるか？　年寄りが多いから、きっと先生と一緒になって飛び回ってるんだろう。おれも一度くらい、そういうところでやってみるんだった」

兄のことをどれほど父が解っていたか、それは定かではない。けれど、安定とはほど遠く、一ところに留まらずにころころと転がり続けていく兄のことを想う時の父は、いつも遠いところに吹く、澄み切った風を望むような眼をしていた。

廊下の椅子に座っている間じゅう、ぼくの携帯電話は結局押し黙ったままだった。液晶画面を開いてみると、時計は九時五十分を表示している。電波状況は極めて悪く、表示バーは圏外との間を泳いでいた。もしかしたら兄は、ぼくに電話をしたかもしれない。その時たまたま受信できなかったのかもしれない。留守電が入っているのかもしれない。

あと十分で、最終の面会時間だ。

兄と通じるところへ、出て行こう。ぼくは、半分灯りの消された長い廊下を足早に抜けて行った。

救急搬入口の外に出ると、父を乾かした昼間の灼熱がうそのように空気はしっとりとして、Ｔシャツの織の目を冷たい風が通り抜けた。闇夜で表はとっぷりと暗かったが、見上げれば西の空には月の留守を守るように金星が輝いていた。

ぼくの携帯が受け取っていた留守番電話には、「おじいちゃんはどうですか。春ちゃんもお祈りしてるからね」と、娘のさえずるような声だけが入っていた。

遠い、青い稲のにおいに包まれた土地では、ここよりもずっとたくさんの星が兄を照らしているのだろうか。そのやさしい、暗い光の下で、ぼくの留守電を聞いた兄は病床の父を、どんなふうに想っているのだろう。

ぼくはいつの頃からか、両親の老いていくこと、死んでいくことを、近くで受け止めていこうと自分なりに覚悟するようになった。それでもたかが母の手が年寄りじみたということにすら、やっぱり面喰らってしまうけれど。親たちが自分たちを見つめて、人生を豊かにしたように、ぼくも親の絶えていくさまを、見つめて人生を肥やしていくんだ、と妻にも話をしている。

しかしそれとはまた別に、ぼくは父の死を恐れてきた。父の死が、兄にもたらすものを、恐れてきたのだ。兄は、父を失うことに耐えられるのだろうか？　父の「生命」は失わなくても、このまま父の人格、知性、ぼくらとの記憶が失われてしまったとしたら、兄は？

ぼくは、ほとんど衝動的に兄へのリダイヤルボタンを押していた。

留守番電話になったら、何というべきだろう。とにかく帰ってきてくれ、なのか、それとも、もう帰らなくていい、なのか、無言で切るのがメッセージなのか。

「慎也か」

呼び出し音をワンコールも聞き終わらないうちに、電話はとられた。ぼくは息をのんだ。

「おれだ」

兄の声は、落ち着いていた。

「どのあたりに行けばいい。今、救急搬入口が見えてる」

はっとしてあたりを見回すと、黒くむっくりとした塊がこっちに向かって歩いてきていた。

「ああ、それか。お前か」

塊がにょき、と手を伸ばして、大きく振った。

「ちょっと太ったか」

「もう四十だもん、おれ」

　ぼくはようやく声を発した。

　早送りをした画像のように、すったすったと塊の足取りは力強く、あっという間に近くまでやって来て、搬入口の明かりに照らし出されたその面影は、まぎれもないぼくの兄であった。いくらかくたびれたようで、アイロンをかけないで済むようなものばかりをくったりと身にまとい、伸びかけた無精ひげの中には、まばらに白く光るものも交じっていたが、なぜか前に見た時よりもむしろずっと、ぼくの知っている昔からの姿に近かった。

「悪かったな。どうだ」

「薬で、眠らされてる」

「先生、何て言ってる」

　直接耳に聞くその声は、もうまるで父の声そのものだった。母に似てけんけんと甲高いぼくとは違い、低くて、ふくよかで、足元伝いに響くような。

「目は覚ますけど、麻痺が残ったり、しびれが残ったりするだろうって」

「うん」

「あと、言葉が、お父さん――」

　どうしたことか、急に喉の奥に熱くて固いものが押し上げてくるような感じがあって、ぼくの言葉はそこで詰まった。

兄は黙って頷くと、ぼくの肘を軽くついて、促した。

「分かった。行こう」

「血圧が高くなって、薬も出されてるのに、いい加減で、ちゃんと飲みもしないって、お母さんが前から言ってて、おれもそれを聞いてたのに、ほとんど聞き流してた。フレッド・カプルスって分かる？　見ねえよな、ゴルフなんて。お父さんが好きなゴルファーなんだよ。だからカプルスと同じキャップ探して、いつか誕生日におれがあげたんだよ。別に大したキャップじゃないんだぜ。なのにやけに喜んじゃって、気に入って、いつも被って行ってたんだ。でも今日はそれを玄関に忘れて、ゴルフ場で売ってての適当に買えばいいのに、何にも被らずにそのまんま炎天下で十八ホール回って、それで、倒れた」

歩きながら、そばに付いている兄にべらべらと自分の口が動いた。兄がふいに立ち止まり、ぼくの肩をつかみ、ぎゅうっときつく握りしめた。

ぼくはそうされて初めて自分の体ががたがたと震えているのに、気づいた。

兄はしばらく肩をつかんだまま言った。

「息大きく吸ってみな」

「うん」

「そうだ。で、吐く」

言われた通りに、呼吸を繰り返した。少しすると、体がすうっと軽くなった。まるで医者みたいだった。

「カプルスのキャップか」

兄はつぶやいた。

「それは替えが利かない気がするわ」


さっきの看護師さんに言われていた時間より三十分も遅れたが、今度対応してくれた少し年かさの人は、ほとんど事情も聞こうとせずにぼくらを労わるように〝天使の微笑み〟を浮かべ、快くＩＣＵに入れてくれた。

押し黙って目をつむり、不自然な音を立てて呼吸する父を目の前にしても、兄はうろたえることもなく、周りの計器を少し見回したりした後、しばらくじっと黙ってその顔を見下ろして、幾度か頷いただけだった。そして、薄い患者衣の肩にかすかに手をあてると、胸の上のタオルケットをすいっと引き上げて、その上から肉厚な手でゆっくりと、温めるように擦（さす）った。

ぼくは理解した。兄は、とっくに父を卒業していたのだ。

兄は、長い長いトンネルを抜けて、蒼く、広い空の下に出ていたのだ。ぼくは、大きな安堵感が胸を湿らせるのと同時に、大好きなシリーズ物のテレビアニメが最終回を迎えた後のような、身勝手な空しさを感じた。

お兄ちゃん、もうお父さんはいいの？

兄が、いまだに独りでいることが急に悲しくなった。

父でない誰かに、兄は心を捧げる事ができたのだろうか。新たな光に目を向け、愛を注ぎ、父と自分の関係から解放されたというのならば、どんなにぼくらは気楽だっただろう。もちろん妻や子供がすべてじゃないし、ひょっとすると、その代わりにもっと想像の及ばない何かをつかみ取っているのかもしれない。だとすればそれは、ぼくにも、誰にも、侵すことのできない立派な兄だけの世界だ。だけどそれでも、自分だけを頼りに、たった一人で卒業した、兄の人生が、さびしくて、ぼくは。

「子供が産まれたんだってな」

ぼくの心を読んでいたように、父の傍らに立ったまま、兄は口を開いた。

消灯ですのであまりお時間はさしあげられないんですけど、と看護師さんは言い残したものの、それきりぼくらを追い立てに来る気配もなく、夜中のＩＣＵは、眠りこけた患者たちに付けられた計器の無味乾燥な音がそれぞれのリズムを刻みながら響くだけの静寂に包まれていた。

「もう四歳だよ。春、っていうんだ」

「春ちゃんか。よかったじゃないか」

「ようやくだったよ。もうさんざんだった」

「さんざんって、不妊治療か。きつかったって？　薫ちゃん」

「いや、始めたと思ったとたん、よく調べもしない内にぽこっとできちゃったんだけど、それまでがさ。揉めちゃって。別れる寸前までいった。あいつ、子供のいる友だちの家に遊びに行った帰りに、そのマンションの廊下に出てた赤の他人の家のベビーカー蹴り上げてこなごなにぶっ壊して、ついでに五階の柵から下に落っことして、警察に呼ばれた」

　それが、今日から五年前に、父から会社にかかってきた電話だった。

「酔ってたのか」

「素面(しらふ)も素面」

「かわいそうに。追い詰められてたんだな」

「いや、おれなんだ。おれがずっと病院行くの渋ってたんだ。子供は欲しいと思ってたけど、行けば自分が『種無し』だって証明されるかも、って、正直それが怖かった」

「分かるけど、お前がか」

「そうなんだよ」

「まあ当然だけどな。男なんだから。自然の摂理だ」

「けど、このおれ、だぜ。そういうことに頓着するかよ、カミさん追い詰められてんのに。驚いたよ自分でも」

「おれならそれっぽいけどな」

「おんなじことを思ったよ。人間なんて、何にこだわってるか予想もつかねえよ。お兄ちゃんどうだ。どう思う」

「おれはきっともともと種なんか残せる部類じゃないんだ。そういう部類がいるってのも、自然の摂理だよ。そういうことが飲み込めるようになってきた」

「女とか、いねえのかよ」

「まあなあ。子供産んでもらうような人はいないよ」

「そうか」

こんなこと、兄に聞いたのは初めてだった。

けれど兄は、聞かれたくないことを聞かれたふうでもなく、うそを言ってるふうでもなく、そして、惨めそうな様子もなかった。

「子供はいいよとか言わないな」

「持ってない人には言わねえよ」

「そうか。ふふふ。『ベビーカー』ね」

「まったく。おっかねえったらねえ」

「でも、お父さんたち喜んだんだろう」

「まあね」

「すまないな」

「うん」

少し所在なげに視線を落とした兄の、目の下の涙袋の厚みが、年の重なりを感じさせた。

「もうすぐ、二人目が出てくるんだ。あと半月」

「なんだよ！　絶好調じゃねえか」

抱いてやってくれよ、そう言いたい気持ちを、ぼくは何となく躊躇した。

その時、びくっ、と父の右足が跳ねて、かかっていたタオルケットをめくり上げた。

父が目覚めたんだ、そう思って、ぼくたちは同時にその顔に視線をやった。

しかしその目は変わらず固く閉じたまま、デスマスクのように血の気がなかった。ぼくは小さく、溜息をついた。

「おい、慎也」

兄が足元のほうで言った。

ぼくは振り向き、兄の指差している父の足先を見た。

すると、日焼けもせず、ピンクがかった裸足の小指の先に、色のくすんだ、白ゴマと黒ゴマのあいのこのようなものが一粒、ピンと、立っている。

ぼくらはしばらくの間、ただじっと黙ってそれを見つめた。そしてじきに二人は、それが退化しきった父の小指の爪であることを理解した。ほんとに、吹けば飛ぶような小ささだった。

「ゴミじゃなくて?」

「でも、他に爪がないだろ」

兄は、恐る恐る、その小さな粒に指先を触れた。

「ひっついてる。でも、ぐらぐらしてる。取れそうだ」

「え、取っていいの」

「分かんないけど、これ、もう死んでるだろ」

「ほんとだ。薄皮一枚だな。イライラする」

ぼくらは二人、その小さなゴマ粒みたいな爪に飲みこまれるように見入った。

兄はそれをつまみ取ろうと、右手の人差し指と親指の先とに、神経を集中させた。手先の器用さは、ぼくと同格か、それ以上だ。

「小指の爪がない人になるの？」

「別にもういいんじゃないか」

兄はしかしその手をふと止め、顔を上げた。

「これが最後の一葉、ってことないよな」

ぶっ、とぼくは吹き出した。

「取ったら死ぬってこと？」

「お前がやれよ」

「やだよ」

「ほら触って。取れそうだろ？」

「ちょっとやめて！　あ、ダメ、取れる」

とたん、グホホオウ、と父が虎のように吠えた。ぼくらはびくっと体を震わせてゴマ粒に聞いたこともないような恐ろしい音だった。

あてていた手を離し、まるで警察に踏み込まれた空き巣のように、直立になった。

父は、固く目を閉じたまま、もう一度、フガウ、とむせるように吠えて、体をよじらせた。地震が起きたように周りのチューブや計器がガチャガチャと鳴った。その揺れ方は凶暴で、ぼくらはすくみ上がり、それが鎮まるのを待つことしかできなかった。

カタカタとベッドの柵に当たって音を立てていたチューブの音が収まり、再び元の静寂が訪れた頃、父も元のように静まって、何事もなかったようにまた呼吸をし始めた。

ぼくらはそれでも、息を止めて、半端に両手を上げたまま凍りついていた。

「――怒った」

「――うん」

こんなに激しい父を見たのは、ぼくも兄も初めてだった。

石膏で固められたようになったまま、しかし、兄は、これ以上ない、というくらいに破顔した。ぼくも同じ格好で、忍び笑いをした。

「ちょっと、どうなさったんです」

面会を融通してくれた看護師さんが、現れた。

「場所を考えて頂けませんか。遊び場じゃありませんよ」

ぼくらを怪訝そうに睨みつけるその表情は、ここに入れてくれた時とは打って変わった形相で、とてつもなく迫力があった。言いながら、てきぱきとずれたタオルケットや計器を元の位置に戻した。

「あの、今、父が、怒ったんですけど」

「怒るでしょうよ。息子さんたちがそんなに騒がれたんじゃ、お父さん、良くなろうと思っても、気が散って、良くなれません」

薄皮一枚で小指につながった小さなゴマ粒の爪の上に、乱暴なくらいの手つきでタオルケットがかぶされて、見えなくなった。ぼくらは、共に息をのみ、今の衝撃でゴマはもげてしまったのではないだろうかと心配になった。そして黙ったまま、どちらからともなく目くばせをした。

よし、続きはまた、明日の朝だ。

「あの、もう、よろしいですか？」

天使は剃刀のような視線で問いかけてきた。

ぼくらは、宙に上げていた両手をゆっくりと下ろし、どうもすみません、と二人で声をそろえた。

満月の代弁者

「僕、今日でお終いなんですよ」

男は老人の耳の穴に容赦なくつばきを飛ばし入れながら、大声を出した。しかし、そのぎっちりと厚く生い茂った耳毛の奥の鼓膜はまどろみを続けているように、老人の体は籐の座椅子に貼りついて動かず、その表情はうつろなままであった。

「おじいさん、先生にご苦労さま、ありがとうございましたって」

老人の妻が、芯の通ったよく響く声でそう言って背後から肩や腕をさすると、ほう、ほう、と息をもらしながら老人は幾度か頷いた。妻は、分かってるんだか分かってないんだか、と面目なさげな笑顔を男に向けた。

「あのねえ君男さん、この人が、新しい先生だから。僕がいなくなっても、今までみたいに何でもこの先生に相談したらいいから」

「今度来ました野添と申します。おじいちゃん、よろしくねー。一生懸命やらせて頂きますから」

その新任の医師の声には緊張のためか激しいビブラートがかかっていたが、言い終わってからごくりと唾を飲み込むと、男の後ろから強引に身を乗り出してきて、選挙活動中の政治家のように老人の右手を両手で包んで揺すぶった。

新任といってもしかし、野添医師は立派な銀髪と、同じ色の髭を口元に蓄えた初老の紳士であった。体軀は小柄で威圧感がなく、やや旧式のデザインの四角い眼鏡が顔を引き締めたその面持ちは見るからに知的であり、知らない者が見れば新任は男のほうで、野添医師がそれを指導するベテランと思うに違いない。ともかく、この人のこの風貌とこの態度であれば、町の人々は自分のような青二才がやって来た時よりも馴染みが早いのではないかと思った。

しかしいつまでたっても野添医師は老人の手を無言で揺すぶり続けるばかりで、一向に診察を始める気配がない。先生、そろそろ、と男が促すと、医師は、はいっ、と小さく叫んで握っていた手を放りだし、「まずまずまず、まずまずまず」と、「先ず」を呪文のように口の中で唱えながら自分の首を両手で激しくこすり、撫で回した。老人の妻も男も、あっけにとられてその様子に見入っていたが、やがてその手で白衣のポケットの中を存分にぐるぐるとまさぐった末に、赤銅色(しゃくどういろ)に紅潮した顔でくるりと男のほうを振り返って、絞り出すような声で、「先生、聴診器貸してください」と懇願した。

男が自分の首にかけていた聴診器を手渡して、ようやく野添医師によるいささか丹念すぎるような聴診が始まったのだが、普段夫の面倒を看るのを生きがいにしているかのような明るい笑顔の絶えない妻が、「ほほほ」と控えめに声を出しつつも、僅かだが口の端を硬くしたのを見て、男はやれやれ、と胸の内で溜息をついた。この分では野添医師の正体がばれるのも時間の問題だ。この人も町の噂には苦労をするだろうが、何とかそれが鎮まるまでは、間に合わせでも何でも、「誠意」をしっかりと前面に打ち出して、どうか深刻な事態だけは招かずに忍んでほしいと思うしかなかった。

野添医師は、正真正銘のベテラン医師であったが、彼が医師資格を取って消化器外科医になってからの初めの四年間を除けば、後の三十余年の年月を過ごした場所は、直接患者と触れる機会のない、とある製薬会社の研究室の中であった。数えられないほどの論文を書き、その道では一通りの結果を出してきた自分の半生に納得はしていたが、いよいよリタイアを目前にした晩秋のある日、彼は余生をいかに過ごすかという命題を初めて静かに考えた。

息子と娘もすでにそれぞれの家庭を持って立派に巣立っていた。研究という仕事を趣味のようにして打ち込んできた彼には、とりたてて他に楽しみがあるわけでもない。妻と二人残された都内の戸建ての家は、広さと静けさだけが際立って、あとはここでどちらかがだめになるのを黙って待つだけか、と思うと、とたんに暗い砂漠の中に置かれたような気分になった。静かな住宅街には、そこに暮らした長い月日の割にはほとんど愛着もない。近所には自分の仕事の内容をきちんと把握している人はおろか、自分の名さえろくに知らぬ人ばかりだ。突如として野添医師は、俺のしてきたことは現実なのだろうか、俺は本当に存在したのだろうかという焦りに襲われ、自室の書棚に並んだ、膨大な本や雑誌のページを次から次にめくり始め、その中の記事や論文の末尾に記された自らの名前を、その目で確認することに没頭した。多くの医療者たちが、自分の研究から学び、それを肥やしにしたのだ、と信じるしかなかったが、しかし彼らのことを想像しようと試みても、一つの顔も表情も、具体的には頭に浮かべることができず、ますます空虚になった。

その時、膝の上にあった最近寄稿した医学雑誌のページの隅に、「医師募集・来春より」という文字を見たのである。野添医師がその名も知らぬ町の診療所であったが、パソコンを開いて住所を検索してみると、そこは温暖な気候や温泉保養地で知られる半島にある、人口二千五百人たらずの古い港町であった。野添医師は胸の内に空いた洞穴に、一気に温かい湯が湧き出してきたような心地を覚えた。これまで自分のやってこなかった臨床の現場で、もっと人間らしく、現実に病に苦しむ人々と向き合って、求められるところに行って走り、それを助ける仕事をしてみたい、という、医療の世界のことを何一つ具体的に知らなかった少年の頃に抱いた、霞（かすみ）に包まれたような淡い思いが胸に蘇った。彼は心に決めた。妻を説得しよう。

しかし三十数年分の埃を払って出直すのである。元来鷹揚な性格の妻はこだわる様子もなく快く応じてくれたが、野添医師本人の身辺整理が予想以上に手間取った。彼は約束の日より四日も遅れてやって来て、男が一週間かけてみっちり行なうつもりでいた引き継ぎ期間は、わずか三日に短縮されてしまった。

本来ならば昨日のうちにすべてを終えて、男は今頃実家の方向へと走り出していたはずだったが、いつもの通り午前に四十人、午後に二十人詰めかけてくる常連患者をたった一人で相手取りながら、臨床の現場から遠く離れていた年配の新任医師にすべてを要領よく引き継ぐのはたやすいことではなかった。診療所内でいくつかの実習的な診察をしてもらい、町役場の職員が生活面の手続きや案内をして、看護師たちと、男の送別会を兼ねた親睦会を開いたら、あっという間に三日が飛び去ってしまった。

男は仕方なく一日滞在を延ばし、野添医師を連れて、常連の訪問診療患者の元を何件かたずねて回ることにした。道すがら、まずは、家々の建て込んだ迷路のような路地を歩いて体で覚えて、目をつむっていても患者の家にたどり着けるようになることです、と男は野添医師に語った。

潮風から外壁を守るために、色とりどりのペンキで塗られた家々は、僻地とはいえどこか異国の街を思わせるような朗らかさが漂っていたが、ただ、外から来た者の目にはその作りといい、古び方の程度といい、表に出ている人の風体といい、どの場所もほとんど違いがなく酷似していて、うっかりしていると自分が今どこを歩いているのかを、一瞬にして見失うのである。夜中一人で呼び出しを受けて往診に駆け付けた帰りには、よく道に迷った。「看護師さんに電話をしようにも、携帯電話の電波が通じない地区もあるし、明け方までぐるぐる同じところを回ったこともあったんですから」と語って聞かせたが、現実感のない野添医師には、ほのぼのとした田舎のおとぎ話に聞こえるのか、物珍しげにあたりを見回しながら、「それは、大変ですねえ」と、他人事のように目を細めるばかりだった。

週に一度、きまって男が足を運んだこの家であるが、いつも通されてきた部屋の中を何もせずにぼんやりと眺めるのは、前任の医師に初めて連れてきてもらった四年前の日以来のことであった。

茶簞笥（ちゃだんす）のガラス戸には数枚の写真が無作為に貼り付けられている。男がこの町に来たばかりの夏、遠方から遊びに来ていた孫娘に頼まれて、デジカメで撮ってやったツーショットも引き伸ばされて飾られていたが、それもあらためて眺めてみれば、今目の前にしている老人の面持ちよりも随分表情に張りがあった。何ひとつ変わらず、変えられずと思ってばかりいたけれど、時の流れの確実さだけは、まぎれもなかった。

ツーショットの上には、老人の愛してやまない、たくさんの船を停めたこの湾のパノラマ写真がある。一体いつ撮られたものなのか、それは男がここへ初めて訪れた日にはすでに同じ位置に貼られていた。かつては豊富な水揚げを誇り、加工業も盛んで、活気に満ちたきらびやかな港町であったということは、年寄りたちに聞かされるばかりで、後継者のいなくなったこの町で、結局そこに写っているようなにぎやかな港の姿を男がその目で見ることはなかった。

野添医師は老人の体を一通り触った後、どこかで覚えてきた訪問診療のマニュアルなのか、催眠術師のような気味の悪いほど柔らかな口調で、少しでも老人と心を通わせようと、体のこと以外にもあれやこれやと話を持ちかけていた。

「うわあ〜。君男さん、海軍さんだったんだあ。かっこいいなあ〜」

ツーショットの隣には、「大日本帝國海軍」と右から左に綴られた水兵帽を被り、セーラー服を身にまとった二十歳の頃の老人のポートレイトが飾られている。写真館の大判カメラで撮られたらしい、柔らかくきめの細かいそのモノクロ写真の美しさは、周りに貼られた新しい写真の質を圧倒しており、心の内は何を思うのか、無私無欲といった表情で、まだ幼さの残った滑らかな頬を引き締める若者の哀しいほどのりりしさは、いつ来てもこの部屋の空気を清潔にしていたものだ。

「お船に乗ってたんだね〜。何に乗ってたのかな？　山城かなあ〜。金剛かなあ〜。何だろう。日向？　伊勢？　それとも巡洋艦ですか？」

軍艦に詳しいのか、野添医師の声は生き生きとして、不思議にビブラートもピタリと止まっていた。男には、「ヤマシロ」も「コンゴウ」も、何が何だか分からない。子供の頃に親戚の家の中でふざけて蹴ったサッカーボールが、棚の上に飾られていたプラモデルの軍艦に突っ込んで粉砕させてしまった時、一まわり以上も上の従兄が脳天から蒸気を立てて怒ったのを、冷ややかにしか受け止められなかった世代である。戦中生まれではないにしろ、その空気を引きずった時代に育った野添医師ならば、両親でさえ戦後生まれの自分には、ついぞ理解してやることのできなかった老人たちの封印された心根に共感してくれることがあるかもしれない、と男は思った。

しかし、老人は相変わらずぼんやりと宙を見つめたままである。野添医師の熱意をくみ取った妻が、鋭い声を出して、肩を叩いた。

「おじいさん！」

「は？」

一瞬、老人の意識が覚醒し、潜望鏡が狙いを定めたように、まっすぐに野添医師を見据えた。チャンス！　男は思わず息んだ。

「えへへ……。君男さんは、船は、何の船に乗ってらしたんですか？」

「何の船かって、船、船！」

「カツオ」

大きな戦争が終わり、青年は、水兵帽を脱いでからも、船に乗り続けた。この青の眩しい湾から、はるか彼方の遠洋まで出航していく漁船の上で、魚影に群がる鳥たちを探し、竿をしならせ、半世紀にわたって波に揺られ続けたのだった。

野添医師も、追々分かってくることだろう。四年も生き証人たちと面を突き合わせていれば、男のようなよそ者の若輩でさえ、この町の歴史をそらんじることができるようになるのだから。

老人宅を後にする折、深々と頭を下げて外に出た野添医師の後に男が続こうとすると、上がり框（がまち）まで出て来ていた老妻はくいっとその右肘を自分のほうに引っ張り寄せて、手のひらに何かをねじ込んできた。

見れば小さく折りたたまれたぽち袋である。

男が何か言おうとすると、「ちょっとなのよ、お弁当代にして」と、それを封じるように老妻が口を開いた。

「いやあ、こんなの受け取れないんだよ」

男が両手で老妻の小さな手を覆い、その中に握らせようとしても、ピンと手のひらを開いて譲らなかった。

「ほんとは何か、お母さんにお土産でもと思ったんだけど、なかなか街まで出られなくって」

「いいんだよ、そんなのは。十分ですよ」

「お願いお願い、もうお金持ってたって仕方がないんだから。いろいろ厄介かけたし、気がすまないの」

そう言って、男の手から力任せに自分の両手をポン、と引っこ抜くと、素早い動きでそれを後ろ手に組んでしまった。

「わかった。じゃあ頂くことにする。たくさんじゃないよね？」

「ほんのちょっとだってば」

「ありがとう。明江さん、元気でね」

「忘れられないよ、やっぱり。一番何だかんだあったし、先生が頼りで」

老妻は微笑みつつも、その声は蚊の鳴くようにか細く、目にはみるみる光るものが溜まった。

「大丈夫ですよ。あの先生なら、きっとすごく良くしてくれるに決まってる。まだちょっと不慣れだけど、僕だって最初はそうだったでしょ？　散々辛抱してくれてたじゃないの」

それを聞くと、老妻はえへへ、と笑って、「慣れてもらえるまで、生きられるかしら。あたしも」と言った。

「あたしがコトッと倒れちゃっても、おじいさん一人で、気づきもしないかもしれない」

「何言ってんのよ。どこも悪いとこないくせに。そんなにうまいこと明江さんだけお迎え来てくんないよ」


老妻は笑って送り出してくれたが、男は老人宅に背を向けて歩き出しながら、自分の吐いた軽口が寒々しくて、手の中のぽち袋を、思わずぎゅう、と握りしめていた。老妻の心配はもっともで、自分の言ったことは、論理も善後策もない、気休めだ。気休めを最後っ屁にして、おれは出て行くのだ。

四年もいれば、自分が継続的にやってきたことの結果が否応なく出てくる。良くても悪くても自分だけの責任で、治療がうまくいかなかったり、信じていたはずの効果が出てこなかったりするとやきもきして、一人、苛立ちを抱え込む。上司も同僚も存在しないこの場所では、誰にも批判されることもない代わりに、誰かに相談することも、代わってもらうこともできない。町に一軒しかない飲み屋で泣き言をこぼすわけには当然いかない。

町の人々が前任の医師の幻影を抱き続け、自分のことを信用できずに、怪訝そうにしているうちは、振り返ってみればいい時間だった。今に見てろ、と奮起できた。

　けれども、ここに来る前に八年働いた東京の現場で身に付けた知識や技術が実力を発揮する機会はめったに訪れない。毎日きっちり診療所にやって来ては、「先生、点滴」と牛丼屋で牛丼を注文するように言ってくる患者に、その習慣を変えさせようと「水分を十分取れば効果は変わらないいんですよ」と理屈を懇切丁寧に説明しても、その場では「なるほど」と納得したように頷いたきり、翌日からバスに揺られて一時間もかかる別の地区の診療所に出向いていたという話は一件や二件ではない。あるいはまた、そここそ設備の整った病院で治療をすれば、確実に治る病気であると説得しても、「先生のところでできないんならいいや」と言って、根っこが生えたように自宅の寝床から出ようとしない老人たちへのフラストレーション。彼らは医療者を完全にお抱えの御用聞きだと思いこみ、毎回苦痛を訴えては好みの薬を好きなだけ運ばせる。患者に媚（こび）を売ろうと思ったわけでも、保険点数を稼ごうとしたわけでもないが、次第に「みんながよければ」という根拠で、いくらでも点滴を打つし、好きなように薬を与える、現代医療の基盤とはズレにズレた「いい先生」ができ上がっていた。

　そんなことをしている内に、すっかり町民たちとも打ちとけて、男に対する心の壁を取り払った彼らは、安心して、実に様々な要求を突きつけてくるのであった。夜中に戸を叩かれて起こされたり、身寄りのない病人を自分の車で病院まで搬送したりするのは日常として、警察代わりに土左衛門を引き揚げさせられたり、十八歳以下と四十五歳以上を中心とした土地の「娘たち」との縁談を隔週のペースで断ったりせねばならず、休みの日、治安の良い土地の風習に倣って、家の鍵をかけずに市街地まで買い物に出かけて帰ってくると、茶の間に片頭痛を起こしたという患者が寝転がってテレビを見ており、遅いじゃないかッ、と一喝されたこともあった。

「先生、ようやく慣れてきた頃に」と人々は別れを惜しんだが、それは人々のほうが男に「ようやく慣れ」たという意味である。やっと何の気兼ねもなく、何でもわがままをぶつけられるようになったのに、また新しい先生に警戒をするところから始めなければならない。男のほうはとっくにマンネリを感じていた。

しかし、あれ出せこれ出せ、とずかずかと土足で踏み込んでは来ても、人々が男を慕っていることにうそはなかった。新鮮な海の幸や干物を、誰かしらが日替わりに男のもとへ届け、気候の良い頃には男のために船を出し、半島を周遊して、釣りや素潜りを教えてくれた。多くは心根のやさしいこの町の人々のことを、男はいとおしくも思っていたのだ。けれど、漁村で生まれ育っていない者に、魚ばかりは食べていられない。

目の前は海、後ろの三方は山に囲まれて、男はいつしか囚われの王女のような気分になっていた。陽のあたる港に年取った漁師たちが数人で車座になって、あそこの漁場は潮が悪いぞとか、どこの網はそろそろ代えなきゃいかん、などと熱心に話し込んでいるのを見かけただけで、生業に「仲間」を持てるその幸せに嫉妬したりもした。

「お前、そこ行く前は、周りの医者の奴ら全員いけすかねえ、って言ってなかったっけ」

研修医の頃までは、すべての友人と遊ぶには一生は短すぎるのではないかと心配していたのに、今では前触れもなく電話していい友人の数は片手の指の数にも満たなくなった。いつか何かの折に、と期待とも警戒ともつかない思いで携帯電話のメモリーに残したままの「友だちだった人」との間には、「いつか」も「何か」も、なかなか起こる気配もない。

貴重な残党となったその友人は、男の訴えを笑い飛ばして見せたが、それでも自分の働く横浜の市中病院で、六月から循環器内科に欠員が出るのが決まっているので、部長に掛け合ってみるよ、と言ってくれた。

「うちに来たら、そこより確実に給料下がるぞ」

「金の使い方すら忘れちゃったもの。一時期ネットで買い物依存症になりかけて、これはヤバイ、と思ったけど、洋服なんか着ていくとこないし、みんなずかずか家ン中に上がってくるから、変なもの置いとくわけにいかないし、二月(ふた)もしたら治まった」

「おごってくれよ。車買い替えたいんだよ」

「ほとほと情けないとは思ってんだよ。飽きちゃった、で済む話じゃねえのは分かってるんだけど。人間て、どうしてこうなっちゃうんだろう」

「人間、て括りにしてんじゃねえよ。慣れたり飽きたりした上に積み重ねていける奴もいるんだよ」

「俺だって、ここにいてやりたい、って気持ちはあるんだぜ」

「『いさせて頂きたい』って言ったほうがいいぞ。こっち来たら直せよ、そういうの。しょうがねえよ、一回離れなくちゃ。お前の問題は孤独と堕落と退屈だろ。情けで太刀打ちできるような相手じゃねえよ。そういうもので鎮静してたら、腹の底で増幅して、とんでもないリバウンドが返ってくるぞ」

「俺、一生こうなんだろうか」

「知らねえよ。けど、結局どこで何をしようと、それだけはついて回るね、俺の場合は。所帯持ったって変わんねえ。医者をやめたっておんなじだろう。適当なとこで、腹をくくれよ。悪魔との付き合い方を身に付けてくしかねえんだ」

　いつから舗装し直されてないのか知れない、でこぼこのアスファルトの坂を弾むように下っていく野添医師の背中を追いながら、手の中でくしゃくしゃに固まったぽち袋を開いてみると、ファンシーなイラストに「おとしだま」と印刷されていた。三万円、折りたたんで入れられていた。

＊

それから二人で数軒の家々を回り、じきに陽も西に傾きつつあった。春の光のうららかに射し込む路地と、射し込まない路地の冷たさとのコントラストがあまりに強く、路地から路地へ渡り歩くと、そのめまぐるしさに朦朧とした。肩で息をしているのは男のほうだった。

「これがお店ですかあ。あ、おせんべなんかも売ってる。帰りに買っていこう」

野添医師の声で立ち止まった一層暗く狭い路地には、古めかしい小さなよろず屋があった。

「ああ、そうです、ここです」

「お店の中から入るんですか」

いや、と言いかけた時に、路地の少し先の母屋の引き戸ががらりと開いて、「あらあら先生、お待ちしてましたよー」とからっと明るい声が路地に響いた。

豊かな黒髪を一束にまとめ、つるんと満月のような顔にこなれた笑みをたたえたその女は、九十二歳になるこの家の患者の孫娘である。

「まあ、こちらが新任の先生ですか。ようこそお越し下さいました。これからお世話になります」

てきぱきとさわやかな物言いで野添医師に頭を下げて、「むさくるしいですけど、一回我慢して入ってもらえば免疫できるんですよ、ねえ先生」と冗談めかしながら二人を母屋の中へと迎え入れた。

ベッドに寝かされていた篠井(しのい)サキヨは孫娘に起こされて、絨毯(じゅうたん)の上に正座すると、縮こまるようにお辞儀をした。

「おばあちゃん、今日は先生最後だからお別れを言いに来たって。新しい先生を連れて来られたのよ」

孫娘はサキヨの顔近くで、大きな声を張り上げるが、サキヨはしょぼしょぼと眼を瞬かせながら、所在なげにしているだけだった。

「新しい先生がいらしたの！　先生が変わるのよ！」

「はじめまして、野添と言います。東京からやって来ました。まだ不慣れですけど、頑張りますから――」

「アルツハイマーにかかってしまって、分からないんです」

野添医師の言葉を聞ききらぬ内に、サキヨは実に申し訳なさげに、口を開いた。

野添医師はぐっと言葉を飲み込んだが、孫娘は爆笑して、これを覚えちゃってからは、何でもこうなんです、と解説を入れた。男は説明よりもまず、野添医師にサキヨの体に触れて診察をしてもらおうと思ったが、なおも孫娘は諦めなかった。

「おばあちゃん、野添先生っておっしゃるんですって。こないだ話をしたでしょう。東京でずっと勉強をされてた偉い先生なの。先生は代わるけど、全部おばあちゃんのカルテやお薬はこれまでのを見てもらうの。だからこれまで通り、うちにまた週一回ちゃんと来て下さるんですって。水曜日にね。今日はお別れだから日曜にいらしたけど」

根気よく説明するその口調は、子供に言って聞かせるように丁寧で言葉も易しく、孫娘は絶対の自信と確信をもって話し続けたが、見るからにサキヨは困惑し、言われれば言われるほど混乱をひどくしているようであった。

「サキヨさん、今日はこの先生が診ます」

男が鋭い声を一つ張り上げ、ぽん、と背中を押された野添医師が、首から男に借りたきりの聴診器を外して、やや滑らかに診察が始まった。

「ああ、いいですよ、血圧もいい数字ですねえ。素晴らしいですねえ」

そう言って野添医師はサキヨのカルテを確認し、「足はどうですか、痛んだりしますか」とたずねると、サキヨがうーん、と唸りながら言葉を探しているうちに「歩く気は満々なんだよね？　だから頑張るんだよね？　お店の中でも、じっと座ってないで、ちょっとでも物を整理したりしようとするのよね。でもやっぱり転んじゃって、ほらここにたんこぶ作ってさ、ね」とスポークス・ウーマンがすべてを語った。

「はあ、痛かったねえそれは。すごいねえ、お店に立たれるの？　サキヨさん」

「座ってるんですけどね」

スポークス・ウーマン。

「ここのお店はいつからやってらっしゃるんですか」

「篠井商店は何年続いてんのって、おばあちゃん」

「うー。百十と三年、です」

「はいそうね。それは正確です。おばあちゃんは数字に強いんです。ここの女社長さんですから」

「すごい。じゃあ、サキヨさんのお父さんの代からなんですか」

「おばあちゃんはもらわれ子なんです。ここの家に子供がなくて、ね？」

「うー」

「ずっと守ってこられたんだねえ。大変なこともあったでしょう」

「もともと頭のいい人ですからね、八十の前半までは値札を見なくても値段は全部頭に入ってて、会計なんかそろばんも何も使わないで出しましたし、赤字も出さずにしゃきしゃきしゃききりもりをしてましたよ。おばあちゃんは、賞味期限ってのが一番気に入らないんです。昔はそんなものなくて、缶詰が膨らむまでは売れてたのに、そんなことをうるさく言うようになって、売れ残ってしょうがないって、ね？」

「うー」

「子供さんは何人いらしたんですか」

「うー。何人いたか……自分の兄弟も忘れるから」

「五人いて、女、女、男、男、女と生まれたんですが、二番目の女の子は戦争中に病気をして亡くなったんです。篠井商店は長男夫婦が継ぎました、ね？　それがあたしの両親です」

男がこの家に初めて訪れた頃はまだ、サキヨと直接できる会話の数が多かった。それが足を運ぶごとに徐々に減り、野添医師はほとんどスポークス・ウーマンと会話のキャッチボールをしているありさまで、間に挟まれたサキヨは、立て板に水のごとき見事な孫娘の弁舌の間、たまに水面に顔を上げた鯉のようにパクパクと口を開閉するだけだった。

しかし、何に頓着するでもなく次から次へと思いのままに「なぜ？」「何？」と子供のように問いかける野添医師の好奇心のせいで、孫娘の口は、潤滑油が注ぎ込まれたように猛烈な回転数に上り詰めていった。

孫娘は父を八年前、母を五年前に相次いで亡くしていた。

二人とも還暦を超えたばかりで、癌に冒された。孫娘の上にひとり兄がいて、父の死後、漁協の手伝いをしながら篠井商店の後を継いだが、ほどなく母の病が発覚した時、一人で店と家とサキヨの面倒を任されるのは到底無理だと、上京していた妹に呼び出しがかかった。短大を出た後に入った飲食店経営の会社で能力を買われ、二十代にして社運のかかった基幹店の店長を任されていた孫娘は、自分の仕事がいちばん面白い時期に差し掛かっているのを全身で実感しながらも、父を失った時のことが苦々しく脳裡をよぎった。

それはちょうど店を立ち上げたばかりの時期であった。丸一日休める日などなく、月に一、二度、半日でも仕事に合間ができれば車を飛ばして都内から病院に駆け付けて、その晩にとんぼ返りしてまた店へ顔を出すのが精いっぱいだった。わが子の立場を推し量り、父は「あまり帰るな」と言ってくれたが、自分なりにできる限りのことはやり尽くしたかったし、そうしたつもりであった。それでも店の厨房で、電話をとったニキビ面のアルバイトの学生から「店長、お父さんが亡くなりましたって」と間の抜けた声で伝えられた時には、膝から崩れた。

男性に囲まれた職場にあって浮いた話もまるでなかったわけではなく、いくらかは大事に育んでいきたいような関係もあった。後ろ髪は引きに引かれていたし、会社の社長も他に方法はないものかと惜しんでくれたが、父を亡くした時のような無念をもう一度感じたくはない、と退職に踏み切った。

母はその一年半後に亡くなった。

社長は、落ち着いたらいつでも戻っておいで、と言ってくれていた。父に続いた母の死はひどく耐え難いものだったが、しかし母に付き添った一年半という看病の時間が、知らぬ間にそれを受け入れていく準備もさせてくれていた。沈んでいる隙を自分に与えず、すぐにでも、社長に復職を乞いに行きたかった。

しかし、残された家族は兄と、「アルツハイマー」のサキヨである。孫娘は、半島を出なかった。

「兄はこういうところの男の人ですからね、とてもじゃないけど自分一人で家のことやおばあちゃんのことなんかできないんです。そういう人なんです。お嫁さんでも来てくれればいいんですけど、こんなとこじゃ、なかなか無理ですよ。ね、おばあちゃん！」

サキヨが、すっと背筋を伸ばし、一瞬その顔がぱっと輝いた。

「お嫁さんが、来ましたですか」

「来てないッ！　お兄ちゃんにお嫁さんは来てません！　お嫁さんが来たら私、すぐ東京戻りますよ。おばあちゃん、夢でも見たんじゃないの」

「うー」

孫娘は、厳しい口調でそれを否定し、そしてたちまち、また高らかに笑った。その目尻にはちりめん皺が走り、まぶたの上下には複雑な色が混じり合ったくすみが沈着していた。笑うと盛り上がる頬の肉はぷりんと白く張りがあったが、西の窓のカーテンのかすかな隙間から細い光に差し込まれると、まさに月面のように細かな凹凸が照らし出された。

三十六、七か。男はそこまで詳しい話を聞くこともなく今日まで来た。頭の中でちきちきと年表を整理してみて、初めてこの孫娘が自分と同じ歳の頃なのだと知って、ひそかに震えた。学生時代に自分がのめり込んだ同級生の女の子たちも、今はこんな感じになっているということだろうか。ベルトの上にひとつかみ分の肉が載った俺に言われたくないだろうけど。

サキヨは事態を深く理解していた。目に入れても痛くないほど可愛かった孫息子と孫娘の手を煩(わずら)わせて、自分一人が長生きをしていることを心底恥じていた。自分のようなお荷物がいては、孫息子には来る嫁も来ない。孫娘はそのせいもあり、女盛りを犠牲にしながら、刻々と時間だけが過ぎていく。足腰の神経痛や関節痛で、思うように動くことができない代わりに、ほとんど目立って悪いところがない。テレビで百歳を超えたご長寿の老人がお祝いをされている映像などが映るたびに、サキヨと孫娘はどちらかが無言でチャンネルを変えた。

どうしよう。あと十年、生きてしまったら。

サキヨにとって十年の余命は、とてつもなく長いが、孫娘は女としての十年を考えると、それは一秒たりとも取りこぼせないほど貴重な時間に思えた。優しい祖母の心痛を、孫娘もまた深く理解している。おばあちゃんは私を愛し、私もおばあちゃんを愛している。おばあちゃんの苦しみは、私の苦しみだ。

「だから、私とおばあちゃんは、あとは上手にぽっくり逝くことだけを目標にしようって言ってるんです」

「先生、早く逝きたいよ～」

微笑んだ孫娘の黒目が、薄暗い部屋の中でギラリと光り、それを合図のようにしてサキヨは両手をしゃかりきにこすり合わせながら男たちに頭を下げた。

「何言うんですか、サキヨさんそんな――」

野添医師が口を開いたので、後ろに正座していた男は、左の膝頭でその尾てい骨を突き上げた。

「たまに来てくれる人にね、おばあちゃん長生きしてね、と言われても、笑えなくなる時が来るんです。毎日看てる人間は事情が違いますよ」

鳩が豆鉄砲を食らったような顔で男のほうを振り返った野添医師も、続いた孫娘の言葉にしゅんと頭を垂れた。

「こないだもテレビのドラマで、こんなふうに痴呆のおじいさんと一緒に暮らす家族の話をやってましたけど、あれ、女優さん何だっけ。きれいな人。宝塚のほら、おばあちゃん覚えてない？　下痢をしてポータブルのトイレからうんちをこぼした時に、あら～おじいちゃん、こぼしちゃったのね～って、笑ってお嫁さんと孫が拭いてあげるシーンがあったけど、笑って拭ける家族はうそですよ。冷静に頭で考えれば、笑って拭いてあげたいと思うけど、毎日看てる家族はやっぱり、何やってんのよおばあちゃん！　って怒鳴りちらして、険悪になるのが現実ですよ、うそよねこんなの、って二人で観ながら言ってたんです」

「ね！」

「年中叱られる夢ばっかりです！　楽しい夢なんて見たことない！」

祖母と孫娘は、異様な一体感で、熱っぽく訴えた。

「ここの前の通りを登るとお宮さんがあって、お正月にはみんなで絵馬を書いて、十五日過ぎに燃やすんです。燃やすとよくお願いが通るんです。だから今年は『早くぽっくり逝けますように』って書いて二人でお願いしたのよね。ね！　ね！」

うー、と唸りながら、サキヨは梅干しを口に含んだような表情のまま、あかべこのようにこくこくと首を縦に振った。

突然、薄っぺらいピアノの音色でショパンの『小犬のワルツ』が流れ出した。

すみません、妻です、と野添医師はシャツの胸ポケットから携帯電話を取り出して、ひそひそと話をし始めた。

「あたしや兄が赤ん坊の頃は、この人にもおしめを替えてもらったらしいんです。あたしたちが泣いたり、おもらしをしたって、きっと一度も怒鳴ったりはしなかったはずですよ。それなのに、あたしたち、こんなになって」

孫娘はそう言って、ふくよかな白い手で、サキヨのしびれの強いほうのふくらはぎをさすった。

「あのう、大変申し訳ないんですが」

いつの間にか電話の終わった野添医師が、おずおずと口をはさんだ。

引っ越し屋のトラックに同乗してこっちに向かっている妻が、迷って医師住宅の付近をぐるぐる回っているらしい。口で説明をしようにも野添医師のほうもおぼつかないのである。

「ちょっと迎えに出てもいいでしょうか、すぐまた戻りますから」

「いや、一緒に行きましょう」

「先生、施設に送ればって、思うでしょう？」

孫娘は、話を終えるつもりはなさそうだった。

「ほんとに、すぐ戻りますから」

あんた自力で戻って来れるのかよ、と反論したかったが、野添医師はカルテも何もかもそのままに、行ってしまった。聴診器は、絨毯の上にほっぽり出されていた。

「でもこの人は、今の状態で施設に入れれば三日でボケます。だから今でも店番をさせているんです。そして『家族が迎えに来る』と思って、ずうっと待ってしまうと思うんです」

孫娘は、途中退席する野添医師には一瞥(いちべつ)もくれず、残された男の目をまっすぐに見据え、相変わらずのたっぷりとした余裕の笑みを顔にたたえたまま、予備校の人気講師並みの名調子でなおも続けた。しかし、あらためてよく見ると、その笑顔の上を、両目から湧き出した涙が、水漏れのようにどうどうと流れ伝っているのである。

「先生、あたしには目標があるんです。今度の看取りは三度目なんです。父の時にはうまく送れなかった。母の時には、思い残したことや後悔をいくらかは克服できて、前よりはいい送り方ができたって納得感があります。でもまだ、ああしておけば、こうしてあげてたらお母さんは、という思いがあるの。今度こそ、と思ってるんです。私、絶対に後悔を残さずに、おばあちゃんを看取らなくちゃならないんです」

「ええ、ええ」

見知らぬ施設で来るはずのない家族の迎えを待ち続ける不安と、孫娘の不幸せを傍で息をひそめて眺め続ける苦痛と、一体どちらがどうなのだろう。たとえサキヨが今そのどちらかを希望し、選んだとしても、その意志さえもが、砂に書いた文字のように、明日には消えてなくなるのかもしれない。男はただじっと相槌を打ち続けるしか方策がないことに、胸を絞り上げられていた。

「でも両親は癌でした。つらい病気でしたけど、期限が決められていたんです。今度はそうじゃないでしょ。いつまで続くか分からないでしょ、ねえ先生、先生にこのおばあちゃんの余命が分かりますか、分かるんなら、お願いだから教えて下さい」

そう詰め寄りながらも、女の顔は垂れ流しの笑顔のままだった。恐ろしい形相であった。

詰め寄られた男は、心を決めて、言った。

「送ってください。おいとまします」

孫娘は口を閉ざした。

「サキヨさん、さようなら。お元気で。逝く時は、ぽっくりね」

サキヨはこっくりと頷いて、しぶしぶとした顔で、さいなら、とつぶやいた。

野添医師の置いて行った往診かばんを下げて、玄関に出たところで、男はぴったりと背中に付いている孫娘を振り返った。

「余命の計れる病に罹られてるわけじゃありませんから、はっきりとは言えません。分かってるでしょうけど」

「ごめんなさい、あたし、先生に」

孫娘は、濡れそぼった丸い顔を袖口でぬぐいながら、また大きな口を広げて笑顔を見せた。

「けど、僕個人の見解をお聞きになりたいなら、話します」

「見解？」

「サキヨさんは、このところ少し腎臓が芳しくないって言いましたよね」

「ええ、でも大病じゃないって」

「そうです。透析なんかが必要なものじゃない。自覚症状もないし薬を飲むほどでもない。今までみたいに少し食事に気をつけてもらえればいい。程度としては非常に軽いんです。ただ、そういう軽度の腎臓病が原因で、ある日突然心筋梗塞や脳卒中を起こすという例が非常に多いんです。つまりぽっくり逝くということですよ。八十五歳以上だと特にその数が激増するんです」

固まったような笑顔のまま、孫娘は息を殺して男の目を見つめた。

「言ってみれば、そのある日が今晩だって、僕は少しも驚かない」

孫娘は、ごくりと息をのみ込んだ。

「どうしたらいいんでしょう」

「どうもしない。あの様子なら、もうあと少しだ」

男は孫娘の耳に顔を近づけ、声をひそめた。

「何かできることはないんですか」

「もう十分。このまま行くだけです」

「ちょっと待って」

「もう待たなくていい」

「違う、先生、それはもう良くなったりはしないんですか」

「良くなったとしたらどうなんです」

「何？　何なんですか。あたし、見殺しにするために一緒にいるんじゃないんですよ」

「そうですか」

「そんなのいやです」

「じゃあ、ぜひストレスを取り除く方法を考えてください」

「え？　何？」

「ストレスですよ。食事やなんかのこともあるけど、この場合、一番の引き金になるのはそれなんです。あまり知られてませんけど、腎臓という臓器は極めて精神的な疲労や苦痛に弱いんです。直接の死因は心筋梗塞だのなんだのになりますが、実際は、ストレスが心臓を握りつぶして殺すんだ」

「やめて。先生、うそでしょう？」

「残念ですけど、現実です」

大うそだった。ストレスと腎臓の関連性など、思いつきのでたらめで、昨日新聞のテレビ欄の中で目の端にかかった「仰天！　腎臓病でぽっくり死！」という文字をたまたま思い出しただけだった。しかし男も必死であった。

「今さら命が尊いだなんて僕は言わないですよ。だけどとにかく楽に死ぬことよりさきに、楽に生きることです。あなたも、サキヨさんも。少しは逃げたり、人の力に頼ったりすることを考えてもいいんだ。僕だってあなたを見殺しにしたいとは思わないですよ」

たちまち孫娘の石に彫られたようだった笑顔は溶けて流れ落ち、すべてが重力に従った。

男がもはや自分自身を励ますようなつもりで、ぽん、とその肉厚な肩を叩くと、孫娘はそのまま男の二の腕にずっしりと丸い額を預けてきた。

「先生、もう一度、今の言ってもらえませんか」

「今の?」

孫娘はうつむいたまま、黙って待った。

額も、手のひらに感じる肩の肉も、蒸されたように熱かった。

男は、喉に溜まった粘い唾液をのみ込んで、応えた。

「——僕も、あなたを見殺しにはしたくない」

女の長い長い吐息が、白衣を通って男の腕に染みた。

男はあえぐように言った。

「楽しい人生を」

合言葉のようにそれを復唱し、孫娘は顔を上げた。肩に涼しい風があたり、すうっと冷えた。背中を、つーっと冷たい汗が這い落ちていくのが分かった。

張りつめていた満月はぐずぐずにふやけてしまったが、よほどやさしい顔だった。

「楽しい人生を」

母屋の玄関に孫娘を残し、路地に出て下りだすと、先の角から白衣の男が現れ、こちらに駆けてきた。野添医師であった。この町に来て四年間、自分以外に白衣の人間を見たことがなかった男は、思わずびくっと体を震わせた。

「ああ、先生、ごめんなさい。やっぱり迷ってしまいまして」

　息を切らせながら野添医師は謝った。

「奥さんは大丈夫ですか」

「ええ、私も分からなくなって、漁協の組合長さんに案内してもらいました。皆さんほんとにご親切で。先生は、終わっちゃいましたか」

「ええ、なんとか」

「それは、すみませんでした。もう少し話を聞いておきたかったんだけど」

　野添医師が硝子戸（がらすど）から店先を覗き、暖かいからアイスクリームがいいかな、と言い出したので、いや今日はもうよしましょう、と男は止めた。

　二人で路地を下り、港に続く坂道に出た頃、男は、野添医師に聞こえるように小さな声で話し始めた。

「野添先生、ちょっと聞いてもらえますか」

「はい、何でも、おっしゃってください」

「今、僕はうそをついてきたんです」

「うそ」

「先生にはご迷惑をかけてしまうことになるかもしれない」

　男は、孫娘に話したことを野添医師に伝えた。野添医師は、歩きながら、黙ってそれを聞いた。

「もうこの人にも会うことはない、と思って、やみくもにそんなことを言ってしまったんです。あの人が何をどう選択するかは分からないけど、どこにもずばりの正解はないのかもしれない。その選択と、サキヨさんの運命とが、うまくからまなければ、あの人はもっとひどいことになるかもしれない。僕はとても無責任なことをしました。でもこういうことを、やったのも初めてじゃないんです」

「それであのお孫さんはどうなりました」

「あの笑うのをやめました」

「はははは」

野添医師は一瞬立ち止まり、笑い声をこだまさせた。意外に大きな声を上げる野添医師に、男はすこし驚いた。

「引き継ぎますよ。あのやり手のお嬢さんがどんなに色んなことを調べてきて、詰め寄ってきても、私は絶対に負けません」

野添医師は、胸を張った。

この人はやって行けるのではないか、と男は初めて淡い期待を抱いた。

「そう言えば今漁協のお姉さんに聞きましたけど、ここの小学生たちは、篠井商店の店番がサキヨさんの時を見計らって、アイスクリームを万引きして、逃走を企てるんだって」

「僕、おすそ分けをもらったことあります」

坂道を下っていく二人の白衣はあかね色に染められて、海からの風になびいていた。

＊

「お元気で」

「お元気で」

男が医師住宅を明け渡してから一週間ほど泊っていた宿屋の前まで、野添医師は、髭以外は双子のようにそっくりな妻と二人、見送りに来た。すでに陽はとっぷりと暮れてしまっていた。

大方の家財はすでに実家に送っていたが、大きなスーツケースと、町の人々からのこまごまとした餞別(せんべつ)に埋まった車のシートの中から、男は顔を覗かせるようにして、夫婦に会釈をした。

人一人いないさびれた目抜き通りに点在する仄白(ほのじろ)い街灯の下、宿屋の主人と並んで手を振り続けていた夫婦はルームミラーの中でだんだんと小さな粒になり、ついに闇に溶けてなくなった。

車通りの少ないうねうねとくねった道を二時間半も走った後、ようやくの思いで高速に乗ると、巨大な心臓に帰る大静脈に流れ込んだ気がした。顔も知らない他人同士が一定のルールに従って、各々の車の中でおおむね均一にアクセルを踏んでいることが、何かそれだけで不思議に思えた。

男にはこれから二カ月の猶予があった。病院勤務に戻る前に、頭を切り替えてもう一度机に着いておく必要があるとも思えたし、学生時代以来行ったことがない海外にでもぶらりと出掛けてみるのもいいかとも思った。けれど、今はただぼんやりと、視界を覆った夜の春霞にまどろむような気分で、何がどうでもべつに構わないようにも思えてきた。あれほど人から求められ、つなぎとめられ、あるいは一挙手一投足に目を光らされたりもした生活に参っていたにもかかわらず、こうして霞の中をたった一人で走っていると、自分など今ここで消えて失くなったとしても、もはや誰ひとり気づきもしない存在で、世界は何事もなく回っていくのではないかとも思えた。それは侘(わび)しくも感じられるし、また、かすかな救いのようにも感じられた。

その時、男の首を後ろから小突き飛ばすような、鋭いクラクションの音が鳴り響いた。はっとして目を見開くと、自分の車が走行車線と追い越し車線との境のラインを完全にまたいでいた。慌てて走行車線に車を戻したとたん、クラクションの主は憤懣(ふんまん)やるかたなしと言わんばかりのスピードですぐ横をかすめるように走り抜けていった。

それでも頭の中にはゆるいとろみのついた液体がのったりと渦巻いているようで、男は身に危険を感じ、近場のサービスエリアを探そうとカーナビの画面に視線をやった。するど、車はもうすぐ川崎のインターというところまで走って来てしまっていた。男が降りるはずの横浜町田は、すでに遠く通り過ぎていたのだった。進むべきか迷ったが、意気が沈んだ。仕方なくハザードを出して一旦側道のふくらみに車を止め、ああ何だ、俺、とため息をつきながらこめかみを強く揉んだ。長い長いあくびが出て、目尻に当った指が熱い涙に湿った。


すると、ドアのポケットに入れていた携帯電話がブルブルと振動し始めた。

帰ると言っていた息子がなかなか帰って来ないことに、母親が業を煮やしたかと思って、携帯電話を手に取ると、液晶表示に光っているのは母の名ではなかった。思えばかわいそうに、母もこの十年で、そんなことにはすでに慣らされ切っていたのだ。そこに表示されていたのは、今さらかかるはずもない女の名前であった。

間違いではないかと迷って2コールほど待ち、それでも切られてしまうのは切なくて、恐る恐る受話ボタンを押して、耳にあてた。

夜分遅くに恐れ入ります、と燻されたような魅力的な低音が耳に響いた。

女はその名を名乗り、かけた先を誤ってはおりませんかと丁重にたずねてきたが、男は子供の頃に甘えた年上の親戚から、急にかしこまられるようなむずがゆさを感じた。かつて男がひよっこの研修医だった頃、一度どっぷりと居着いていた山間部の小さな診療所のベテラン看護師が、その声の主であった。嬉しいのとも怖いのとも違うのに、どういうわけか、気持ちがはやって仕方がなかった。

「僕です」

男の声はかすれていた。

女はふふふ、と低く笑った。どうやらそろそろこの慇懃講（いんぎんこう）の幕引きをするという意味であるらしかった。診療所をぐるりと囲む棚田の稲のそよぐ音がにわかに男の耳に蘇り、胸のざわめきもしゅうっ、と沈められた。

「先生、ぶしつけなのは分かってるんですが、ちょっと手伝いに来ていただけないですか」

「お元気ですか、とか、ないんですか」

「きっとご立派になられてるんでしょうね。お姿見たいわ」

「もういいや。本題で」

村に一昨年から単身赴任をしていた医師の妻が、東京の自宅で急病に倒れたのだという。妻に任せていた子供たちもまだ幼く、医師がいつ戻って来られるとも分からない状況で、役場も村民も大わらわになっている。近隣の基幹病院からもすぐに代理医の派遣が間に合わず、困り果ててのことだと言った。まったく、よく聞く話だ。

「ずっとってわけじゃありません。誰か見つけて、ちょっと色々落ち着くまで。先生、後生感謝しますから。痛みが強くてモルヒネ使わなくちゃならないような在宅患者もいるんです」

「でも、急すぎますよ」

　男は吹き出した。

「よく思い出しましたね。大体ぼくがどこで何してるかも分からないでかけてるわけでしょう？」

「それがごめんなさい。うちの息子、六月から先生が行かれる横浜の病院の人事部に去年就職したの。先生、あの子頑張ってます」

　あのぜんそく持ちで薄っぺらい背中をしていた子供が、俺の人事を？　腹に肉も載るわけだ。

「明日、小学校と中学校の健康診断なんです。あたしがやってもいいんだけど、そういうわけにもいかないから」

「いつもそれじゃないですか。もう、やっちゃったらいいですよ」

十二時を回りますよ。そう言って、男はハザードを解除して、アクセルを踏んだ。起きて待っていて下さいよ。そっちの道は暗くて、何も見えないんだから。僕は必ず迷います。看護師は一睡もしないと誓って、電話は切られた。

眠気はすっかり消え失せ、冴えた視界の先に、間もなくきらびやかな光の街が現れたかと思ったら、すいすいと吸い込まれるようにそれは近づき、やがて両脇を流れていった。結局光に戯れる間もなかった。これは、またしても闇の深い土地に立つまでのせめてもの花道か、とため息をつきながら、男は十数年前に嗅いだ、青々としたむせるような稲の匂いを思い出した。今はまだ田植え前だろうか。今度はいつまであそこにいることになるだろうか。新しい稲が植えられて、あの風景がもう一度よみがえるくらいまで、いてみてもいいのだろうか。

また、行くところができてしまった。俺が今ここにいることを看護師に伝えたのは息子ではないな、と男はふいに思った。ハンドルのほうに少し身を乗り出して、フロントガラス越しに頭上を仰いでうかがうと、光の街の上に広がる空には、霞に身を溶かしたゆったりと大きな満月が、何を答えるでもなくただ浮かんでいた。

文春文庫版のためのあとがき

今にして思えば、ふしぎな成り立ちの小説でした。

二〇〇六年の終わり頃、私は「僻地の村でたった一人の医師が実はニセ医者だった」という内容の映画を作ってみようと思い立ち、過疎や高齢化が進んだ地域で働いた経験のある医師に話を聞いたり、現地に取材に出かけるようになりました。どういういきさつでそんな着想を得たかというと、これもまた実に突拍子もなく、予期せず体験した身近な出来事が妙なタイミングで嚙み合って、自分の中でアイデアの卵のようなものがあるときから細胞分裂を始めたのです。

私は当時三十二歳ごろ。それ以前に二本の劇映画を発表し、自分で言うのもアレですが、若くして監督デビューした割には、そこそこ成功していたんです。と言っても、儲かったという種類の話ではなく、作った映画がちゃんと人に観てもらえ、それなりに評価も受けていたという意味です。

当時の日本は九〇年代のサブカルチャーブームの残り火が世間にまだ灯っており、全国のアートハウス、つまり独立系の映画や評価の高い外国映画をかける「ミニシアター」も元気な頃でした。シネコンチェーンの集客データ解析に従って、売れているものだけでスクリーンが独占されていく昨今とは違い、劇場主の哲学によって種々のラインナップが組まれ、低予算で作られた小さなドラマでも辛抱強く、大事にかけてくれる。SNSもまだ普及していない時代でしたが、ちゃんと口コミでロングランもあり得ました。コアな映画ファンだけでなく、学生にも大人たちにとっても「幅広い映画」に触れることは一つのファッションであり、ステイタスでもあったのだと思います。

そんな世界は、私にとっても十代の頃からの憧れであり、自分の作ったものが映画の世界や観客に認められたことは、誇らしいことのはずでした。でも、ほんの数年前まで私は下っ端の助監督として撮影現場に立っていたのです。下手なカチンコを四方八方から叱られたり、地面に這いつくばって俳優の立ち位置のテープを貼ったり剝がしたりが仕事だったのに、急に綺麗な衣装を着て海外の映画祭に出席したり、新聞、テレビ、数百の雑誌や海外メディアの取材を受けたり、カメラのフラッシュを浴びながらトロフィーを持って微笑んだりする場所に立たされたことに、ひどく戸惑っていました。

「私はこんなところにいるはずの人間だったのか？」

自らの能力や努力の結実だ、と素直に喜ぶことはできず、

「私がニセモノであることに、誰も気付こうとしない」

と、世間の評価の方が間違っているような解釈をしていました。ひねくれていますね。ややこしい性質です。

そんなモヤモヤの折に、たまたま卵巣嚢腫(のうしゅ)という、女性に特有の良性腫瘍の病気がわかり、私はスポットライトを浴びる取材や催し物をキャンセルする格好のチャンスと捉えて、政治家のように即入院することにしました。

卵巣嚢腫という病気の多くは命に関わる危険のないものらしく、東京都内の大学病院のお医者さんたちは慌てる様子もなく治療方針を取り決めてくださいました。けれど、「卵巣は二つありますから。片方切っても問題ないですよ」とパソコンの電子カルテを見たままつぶやく言葉の軽やかさに、ちょっとびっくりもするんです。

お医者さんは「病」のプロ。それまで何百という困難な症例に出会い、中には決定的な不妊に至ったり、命に関わる深刻な事態に直面した女性たちともつきあってきたはずです。そんな中で「お腹を縦に切って良性腫瘍を取り出す」ことなど取るに足らない、とは言わずとも、ほとんど動揺も情動も伴わないのは無理もないのですが、私は病のシロウトで、人生のそれなりの一大事に、昂ぶってもいる。けれど一人一人の一大事に同じ調子で付き合うわけにいかないのが多忙極まる大病院の先生方です。シフトの入れ替わりは目まぐるしく、前回の診療と、今回の診療では、もうお医者さんが代わっている。

もちろんお医者さんたちが手を抜いているわけではないのです。ベルトコンベアーに乗る機械になった気持ちで治療を受けていれば、悪いところはちゃんと治してもらえるのだ、ということが頭ではわかりつつ、なかなか機械のように無心にはなれない。命に別状がない、と言われる病気の患者ですら、そのように思うのです。

「病は気から」と言いますが、気もまた病から、とも思います。冒された病巣は医学的処置で取り除かれるとわかっていても、病が元で沈んでしまった気持ちや先行きへの不安は、待合室で二時間半待った末の三分診療では埋められず、患者の胸中を漂い続けるものだと初めて経験しました。病を抱えた人にとっては、診てくれた医師は今後の人生の鍵を握る、ただ一人のようすがでもあります。確かな情報のない家族や友人にやみくもに励ましてもらったり、騒いでほしいわけじゃない。ただ、私の病を正確に知るその人に、ちゃんと見ていてもらいたいだけなのです。

それは「愛」を求めているのであり、「医」ではないのかもしれません。医師にとっては専門外ということになるのでしょう。けれど、病の駆逐、それが果たして「治癒」なのか？　という疑問符とひずみは、前進あるのみで進んだ二十世紀の医療の発展の果てに、すでにありとあらゆる場で露わになりつつありました。本人や家族の意に反した積極的治療や生活の質の伴わない延命は、もはや人間の幸福と言えない、という論調も高まってきていました。「病」というものを媒介にして患者と医療者は出会い、手を組んで共にそれに対峙していくわけですが、両者の価値観や知識や常識はまるでちぐはぐで、医師の側から見れば、患者のめぐらす不安や個々の希望はしばしば「スムーズな治療の邪魔」と映り、患者の側から見れば、彼らのスピード感が「人を診る立場に悖る冷酷非情」にも映るわけです。この溝は、もう埋められようもない永遠の断絶なのか。それとも、両者が互いの状況や心理について知らなすぎるのか。

「私はバレないニセモノ」という自意識と、この『医』とは何か」という問いかけとが、頭の中でドッキングして、映画の着想となりました。成功体験によるプレッシャーと、良性腫瘍切除の入院生活が、創作と仕事の種を生んでくれたのです。人生には捨てるところなどないな、といま振り返っても思います。

単行本の版元であったポプラ社の吉川健二郎さんの協力を得て、僻地の診療所へ取材を申し込み、離島や、山と海とに囲まれた村で、住民すべての医療を一人で担っておられるお医者さんに話を聞きに行き、幾日も一緒に過ごし、時には私も白衣を着せられて、看護師さんらとともに訪問診療にも同行させてもらいながら、取材を進めていきました。

高齢の患者さんは、「今日は新しい先生が多いんですね」と言われていましたが、先生は「ええ」と答えてそれ以上語らず、あとは普段通りの診療の様子をありのままに見せてくださいました。

「映画だ、取材だ、と説明しても難しい年齢の方が多いので。あとは僕が責任を」

と先生はおっしゃって、実際に患者さんたちも、ひたすらメモを取っている白衣の私たちを研修医か何かと思い込んで疑う様子もなく、帰りぎわには、

「先生方、ありがとうございました」

「お大事にどうぞ」

などと挨拶を交わし、三軒、四軒と回るうちにそれも板について来て、本来はこちらが頭を下げて玄関を出て行く立場のはずが、「白衣」の威力にくるまれてすんなりニセ医者然としていく自分に驚きました。

最低限の「医」しか提供されない地域で見聞きしたことは新鮮でした。人間同士のつながりが自ずと濃い地域での医師と患者の関係性を眺めていると、互いに顔も覚えない都市型医療しか知らないライフスタイルの方が貧しくも感じました。その反面、現場に立つ医師たちは、フィクションの作り手が安易に描きがちな「僻地医療の担い手＝志の高い善人」という紋切り型よりもはるかに複雑で現実的な「医」の実相を背負いながら、ヒューマニズムや感傷に流されず、いや、時にはそれをも的確に演じながら、極めてドライな知性で自らの役割を果たしているという風景も目の当たりにしました。

そう遠くない未来に死を控えた人々のそばに訪れて、医師と彼らのやりとりを見ることができたのは私にとっても貴重な体験でした。

私たちは弱い生き物であり、衰え、死んで行く存在なのだということ。時代や自然の都合に飲み込まれ、ときに障害を負ったり、天寿を全うできないこと。医療の進歩によって怪我や病気に抗うことができ、万全の健康を取り戻したり、死を先延ばしにできるのは幸運だけれども、誰もが果ては土に帰るのだということ。そして死するその日の直前まで、人は食っては出し、悩み、煩い、煩わせる存在なのだということ。そのような、生きているものの大前提を胸に刻む時間になりました。

けれど、二時間の映画の中で描けることは限られています。一本の映画を作るために準備した様々な設定や、取材で伝え聞いたものの多くは、氷山の根元のように人目に触れないままになるもので、それらを拾い集めて書いてみたのがこの小説集です。

作中に出てくる医療者や患者、またその家族らの言葉は、私の創作だけではなく、出会った人たちが実際に喋って聞かせてくれたこともたくさん含まれています。大きなドラマは伴いませんが、生と死と、「医」の現場を知る人々の姿や言葉をこのようなかたちで微細に記録できるのは小説ならではの自由さだと思いますし、久しぶりに読み返してみると、私にとっても再び驚きや発見がありました。

『きのうの神さま』という題名は、最初は映画のタイトル案として考えていたものでしたが、映画の興行のためには少しおとなしいと言われて、この小説集の表題とすることにしました。放っておけば捨て置かれていくはずだった経験や感情や言葉を、あれこれ生かした末の映画と小説だったなと思います。映画公開と小説の刊行から十三年、それらもまた忘れ去られつつあった頃に、新装の文庫版の機会をいただいたことにお礼申し上げます。

取材当時からは十五年が経とうとしています。新型コロナウィルスが世界を脅かし、あのとき私が出会った医療者の方々は、今この瞬間もまた、かたちを変えた闘いに順応しながら、現実と、病と、人々に向き合っておられることだと思います。パンデミックの中で、人々の健康の為に尽くしておられるすべての医療者に、この場を借りて敬意と感謝をお伝えします。

二〇二二年一月　西川美和

解　説

笑福亭鶴瓶
（落語家）

『きのうの神さま』を原案とした、映画『ディア・ドクター』の主演・伊野治役をオファーしていただいたのはもう十数年前です。伊野は、それまで無医村やった、ある山あいの村にやってきた医者で、村人たちに慕われているけど、実はニセ医者で……という役どころ。

西川美和さんの師匠である是枝裕和さんが当時、テレビの深夜番組『真夜中はピクニック』を観はったのがオファーのきっかけやったそうです。この人、伊野にいいんじゃないか、と。番組は、立川志の輔さんと春風亭昇太さんとぼくの三人で真夜中の東京を自由に歩き、語る、というもので、エンディングなどを決めずにスタートしたんですが、最後は不思議とまとまっている。それを観て、こいつ詐欺師ちゃうか、と思わはったんでしょう（笑）。

ぼくのモットーは「アクシデントをいかにプロらしくみせるか」ということ。ＮＨＫ

の『鶴瓶の家族に乾杯』という番組もそうですけど、決まっているようで決まっていない、その「虚」と「実」のあわいを面白がるというところがあります。それが『ディア・ドクター』の世界に合ってると思わはったんじゃないかなぁ。

伊野も、本当はニセ医者なんですけど、病人が元気になって村の人が喜んでいるところを見ると、俺って本当に病気を治してる、ちゃんとした医者なんちゃうかと思うようになる。たぶん本人も自分が本物の医者なのかニセ医者なのか、だんだん分からんようになってきてたと思うんですね。「虚」と「実」のあわいを生きてるんです。

撮影が進むにつれて周りから「鶴瓶さんが伊野に見えてきた」と言われるようになりました。ただそれは、役作りのせいではなくて、自分の根底に詐欺師的な部分があるからでしょうね。誰にでもそういう詐欺師的な部分というか、「虚」を生きてるような部分はあるじゃないですか？　そもそもぼくには演じようという気がないんです。映画は監督のもんやと思うてるし、とにかく、西川さんが書いたものに寄り添おうと。だから、撮影ではカットがかかる度に監督の方を見て、西川さんがOKサインを出してくれたら安心する。その連続でした。

西川さんがすごいのは、その「虚」と「実」を、物語としてきっちり描けているところですよね。これは非常に難しい。ようこんなん書いたなと思いますよ。

現場での西川監督？　ストイックとか、厳しいという感じはあまりないですね。普通というか、真っ当というか。撮影には女性スタッフが多かったんですが、本当に仲が良いし、それでいてきっちり現場全体を掌握してる。スタッフからは、監督のために頑張ろうという気持ちが伝わってくる、良い現場でした。西川さんには、この人のためになにかしてあげたいって思える、なんとも言えない「可愛げ」があったんですよ。

『ディア・ドクター』の後もずっとお付き合いさせてもらってるんですが、西川監督の映画って何年かに一度の公開でしょう？　だから昔は、お金のこととか心配になることがあって「食えてんのか？　一緒に飯食うか？」って言うたこともあるんです。余計なお世話かも分らんけど、大丈夫かな？　と思わせる「可愛げ」が西川さんの大きな魅力です。

それでいて、書くもの、撮るものは毒気があるし、えげつない。『夢売るふたり』では有名な女優さんに自慰させたり、『ゆれる』のなかに出てくる、「舌出せよ」と言ってキスするシーンなんてすごいですよ。「舌出せよ」って……。参ったわ。あんな可愛らしい人がよう思いつくなぁ。

少女のような可愛らしさがある一方で、女性としての成熟した感性、もっと言えば「やらしさ」もある。品があって、頭も良い。ほんまに素敵な人——それが西川美和という人だとぼくは思うし、西川監督の作品も西川さんそのものだと思います。

最新作の『すばらしき世界』でも、色んな刑務所、色んな受刑者に取材したんでしょうけど、なんであんな脚本(ホン)が書けるんやろうな。役所広司(やくしょこうじ)という役者をツモって、あれだけ素晴らしい映画を撮れるというんは、なかなかできることじゃありませんよ。

西川さんは、ぼくや役所さんからすれば二回(ふたまわ)り近く年下ですけど、映画というたくさんの人やお金が動くものを背負っている、私が責任を取るんだという覚悟を感じますよね。広島の出身だからという訳やないでしょうけど、義理人情に厚いし、昔の任侠、極道の女みたいなところがあるんです。さっきも言いましたけど、この人のためになにかしてあげたいとか、この人に嫌われたくないと思わせるなにかがあるんですよ。だからぼくはもちろん、役所さんのような日本一の役者もついていきたいと思うんとちゃいますかね。

西川さんはもうすでにすごい監督ですけど、これからもっともっとすごい監督になると思います。そういう人と監督のキャリアの割と早い段階で出会えて、ぼく自身、幸せでした。

この映画をやったことで色んな賞をいただいたし、ぼくの落語にも大きな影響がありました。自分の落語も映画と同じように、ひとつの作品として俯瞰(ふかん)して見れるようになったんです。監督的な見方ができるようになったいうんか。『ディア・ドクター』の前はそういう風には自分の芸を見れませんでした。自分で言うのも口幅ったいですけど、今はお客さんから、お城が見えた、花魁道中が見えた、と言ってもらえる。それはやっぱり、あの映画に出たというのも大きいと思います。

西川さんは、これからも西川さんにしかなれない、もっともっとすごい、化け物みたいな監督になってくれると思ってます。

それでも、あの「可愛げ」は失わんといてほしいな。

それでいつか、あの可愛らしい顔を見て言うんです。「舌出せよ」って（笑）。

（二〇二一年十二月 インタビューより構成）

単行本　ポプラ社　二〇〇九年四月刊
一次文庫　ポプラ文庫　二〇一二年八月刊
ＤＴＰ制作　エヴリ・シンク

文春文庫

きのうの神さま

定価はカバーに
表示してあります

2022年4月10日　第1刷

著　者　西川美和（にしかわみわ）
発行者　花田朋子
発行所　株式会社 文藝春秋

東京都千代田区紀尾井町3-23　〒102-8008
TEL　03・3265・1211㈹
文藝春秋ホームページ　http://www.bunshun.co.jp

落丁、乱丁本は、お手数ですが小社製作部宛お送り下さい。送料小社負担でお取替致します。

印刷製本・凸版印刷

Printed in Japan
ISBN978-4-16-791859-0

（　）内は解説者。品切の節はご容赦下さい。

西村賢太
無銭横町
二十歳になった北町貫多は、その日も野良犬のように金策に奔走するが…。筆色冴えわたる六篇に、芥川賞選考会を前に藤澤清造の墓前にぬかずく名品「一日」を新併録。（伊藤雄和）
に-18-4

西村賢太
芝公園六角堂跡
狂える藤澤清造の残影
惑いに流される貫多に、東京タワーの灯が凶暴な輝きを放つ。何の為に私小説を書くのか。静かなる鬼気を孕みつつ、歿後弟子の矜持を示した四篇。巻末には新しく「別格の記」を付す。
に-18-5

西川美和
ゆれる
吊り橋の上で何が起きたのか――映画界のみならず文壇でも注目を集める著者の小説処女作。女性の死をめぐる対照的な兄弟の相剋が、それぞれの視点から瑞々しく描かれる。（梯　久美子）
に-20-1

西川美和
永い言い訳
「愛するべき日々に愛することを怠ったことの、代償は小さくはない」。突然家族を失った者たちは、どのように人生を取り戻すのか。ひとを愛する「素晴らしさと歯がゆさ」を描く。（柴田元幸）
に-20-2

西　加奈子
円卓
三つ子の姉をもつ「こっこ」こと渦原琴子は、口が悪く偏屈で孤独に憧れる小学三年生。世間の価値観に立ち止まり悩み考え成長する姿をユーモラスに温かく描く感動作。（津村記久子）
に-22-1

西　加奈子
地下の鳩
暗い目をしたキャバレーの客引きの吉田と、夜の街に流れついた素人臭いチーママのみさを。大阪ミナミの夜を舞台に、情けなくも愛おしい二人の姿を描いた平成版「夫婦善哉」。
に-22-2

貫井徳郎
新月譚
かつて一世を風靡し、突如、筆を折った女流作家・咲良怜花。彼女に何が起きたのか？　ある男との壮絶な恋愛関係が今語られる。恋愛の陶酔と地獄を描きつくす大作。（内田俊明）
ぬ-1-7

（　）内は解説者。品切の節はご容赦下さい。

沼田真佑
影裏（えいり）
ただ一人心を許した同僚の失踪、その後明かされた別の顔――崩壊の予兆と人知れぬ思いを繊細に描き、映像化もされた第一五七回芥川賞受賞作と、単行本未収録二篇。（大塚真祐子）
ぬ-3-1

原田マハ
太陽の棘（とげ）
終戦後の沖縄。米軍の若き軍医・エドは、沖縄の画家たちが集団で暮らすニシムイ美術村を見つけ、美術を愛するもの同士として交流を深めるが…。実話をもとにした感動作。（佐藤　優）
は-40-2

花房観音
愛の宿
京都の繁華街にひっそりとたたずむラブホテル。ある夜、偶然泊まり合わせた数組の男女の性愛の営みと、思いもよらない本音を、官能と情念の名手が描き出す短編集。（逢根あまみ）
は-55-1

平岩弓枝
鏨師（たがねし）
無銘の古刀に名匠の偽銘を切る鏨師と、それを見破る刀剣鑑定家。火花を散らす厳しい世界をしっとりと描いた直木賞受賞作「鏨師」のほか、芸の世界に材を得た初期短篇集。（伊東昌輝）
ひ-1-109

平岩弓枝
女の家庭
海外赴任を終えた夫と共に娘を連れて日本に戻った永子。姑と小姑との同居には想像を絶する気苦労が待っていた。忍従の日々の先にあるものは？　女の幸せとは何かを問う長篇。
ひ-1-124

平岩弓枝
秋色（上下）
有名建築家と京都の名家出身の妻、この華麗なる夫婦の実態は……。シドニー、麻布、銀座、奈良、京都、伊豆山と舞台を移して、華やかに、時におそろしく展開される人間模様。
ひ-1-126

平岩弓枝
肝っ玉かあさん
東京・原宿にある蕎麦屋「大正庵」の女主人・大正五三子は、太っ腹で、世話好きで、涙もろいお人好し。ひと呼んで「肝っ玉かあさん」。蕎麦屋一家の人間模様を軽妙に描く長篇小説。
ひ-1-128

（　）内は解説者。品切の節はご容赦下さい。

樋口有介
あなたの隣にいる孤独
「あの人」から逃げるために母と二人、転々と暮らしてきた無戸籍児の玲菜。そして母の失踪。初めて出来た友人・周東とその祖父とともに母を追い、辿り着いた真実とは——。（伊藤沙莉）
ひ-7-10

ヒキタクニオ
バブル・バブル・バブル
バブルのまっただ中、福岡出身で二十代の俺は汐留の大型ライブハウスの内外装の責任者に大抜擢、モデルと結婚して絶頂の日々も、長くは続かなかった。青春の実話ノベル。（日比野克彦）
ひ-16-5

平野啓一郎
マチネの終わりに
天才クラシックギタリスト・蒔野聡史と国際ジャーナリスト・小峰洋子。四十代に差し掛かった二人の、美しくも切なすぎる恋。平野啓一郎が贈る大人のロングセラー恋愛小説。

ひ-19-2

東山彰良
僕が殺した人と僕を殺した人
一九八四年台湾。四人の少年は友情を育んでいた。三十年後、人生の歯車は彼らを大きく変える。読売文学賞、織田作之助賞、渡辺淳一文学賞受賞の青春ミステリ。（小川洋子）
ひ-27-2

藤田宜永
愛の領分
仕立屋の淳蔵はかつての親友夫婦に招かれ、昔追われるように去った故郷を三十五年ぶりに訪れて佳世と出会う。二人は年齢差を超えて惹かれ合うのだが……。直木賞受賞作。（渡辺淳一）
ふ-14-6

藤原伊織
テロリストのパラソル
爆弾テロ事件の容疑者となったバーテンダーが、過去と対峙しながら事件の真相に迫る。乱歩賞&直木賞をダブル受賞した不朽の名作。逢坂剛・黒川博行両氏による追悼対談を特別収録。

ふ-16-7

藤沢　周
界
月岡（新潟）、指宿（鹿児島）、化野（京都）、宿根木（佐渡）——邂逅と不在が綾なす漂泊の果てに、男が辿りついた場所とは。九つの場所を経巡る藤沢周の本格小説集。（姜　尚中）
ふ-19-4

（　）内は解説者。品切の節はご容赦下さい。

ふたご
藤崎彩織
彼はわたしの人生の破壊者であり、創造者だった。異彩の少年に導かれた孤独な少女。その苦悩の先に見つけた確かな光とは。第158回直木賞候補となった、鮮烈なデビュー小説。（宮下奈都）
ふ-46-1

樹影譚
丸谷才一
自分でもわからぬ樹木の影への不思議な愛着。現実と幻想の交錯を描く、川端康成文学賞受賞作。これぞ、短篇小説の快楽！「鈍感な青年」「樹影譚」「夢を買ひます」収録。（三浦雅士）
ま-2-9

女ざかり
丸谷才一
大新聞社の女性論説委員・南弓子。書いたコラムが思わぬ波紋をよび、政府から左遷の圧力がかかった。家族、恋人、友人を総動員して反撃開始、はたしてその首尾は？（瀬戸川猛資）
ま-2-12

くっすん大黒
町田　康
すべては大黒を捨てようとしたことから始まった――爆裂する言葉、堕落の美学。日本文学史に新世紀を切り拓き、熱狂的支持を得た衝撃のデビュー作。「河原のアパラ」併録。（三浦雅士）
ま-15-1

きれぎれ
町田　康
俺は浪費家で酒乱、ランパブ通いが趣味の絵描き。下手な絵で認められ成功している厭味な幼友達の美人妻に恋慕し、策謀を練ったが……。「人生の聖」併録。芥川賞受賞作。（池澤夏樹）
ま-15-3

最愛の子ども
松浦理英子
それぞれのかかえる孤独ゆえに、家族のように親密な三人の女子高校生。手探りの三人の関係は、しだいにゆらぎ、変容してゆく。泉鏡花文学賞受賞の傑作。（村田沙耶香）
ま-20-2

漂う子
丸山正樹
行方不明の少女・紗智を探すことになった二村直は「居所不明児童」という社会の闇、子供を取り巻く過酷な現状を知る。親になるとはどういうことか、を問う問題作。（大塚真祐子）
ま-34-2

（　）内は解説者。品切の節はご容赦下さい。

又吉直樹
火花

売れない芸人の徳永は、先輩芸人の神谷を師として仰ぐようになる。二人の出会いの果てに、見える景色は。第一五三回芥川賞受賞作。受賞記念エッセイ「芥川龍之介への手紙」を併録。

ま-38-1

宮本　輝
愉楽の園

水の都バンコク。熱帯の運河のほとりで恋におちた男と女。甘美な陶酔と底知れぬ虚無の海に溺れ、そして脱け出そうとする人間を描いて哀切ここにきわまる宮本文学の代表作。（浅井愼平）

み-3-6

宮本　輝
彗星物語

城田家にハンガリーから留学生がやってきた。総勢十三人と犬一匹。ただでさえ騒動続きの家庭に新たな波瀾が巻き起る。泣き、笑い、時に衝突しながら、人と人の絆とは何かを問う長篇。

み-3-13

宮本　輝
青が散る　（上下）

燎平は大学のテニス部創立に参加する。部員同士の友情と敵意、そして運命的な出会い——。青春の鮮やかさ、野心、そして切なさを、白球を追う若者群像に描いた宮本輝の代表作。（森　絵都）

み-3-22

宮本　輝
春の夢

亡き父親の借財を抱えた大学生、哲之。彼の部屋の柱に釘づけにされた蜥蜴（とかげ）のキン。アルバイトに精を出しつつ必死に生きる若者の人生の苦悩と情熱を描いた青春文学の金字塔。（菅野昭正）

み-3-25

宮本　輝
焚火の終わり　（上下）

妻を喪った茂樹と、岬の町で育った美花。二人は本当に兄妹なのか。母が書き遺した〈許すという刑罰〉とは。燃え上がる想いの果てに二人は……。生への歓びに満ちた長編小説。（池上冬樹）

み-3-26

皆川博子
U（ウー）

第一次大戦中に展開された独軍のUボート極秘作戦と、一七世紀オスマン帝国が誇ったイェニチェリ軍団。ハンガリー、ルーマニア、ドイツ生まれの三人の少年の時空を超えた数奇な運命。

み-13-11

（　）内は解説者。品切の節はご容赦下さい。

あしたのこころだ　小沢昭一的風景を巡る
三田　完
俳優や俳人、エッセイスト、ラジオの司会者など多才だった小沢昭一さんを偲び、「小沢昭一的こころ」の筋書作家を務めた著者が向島や下諏訪温泉など所縁の地を訪ねて足跡をたどる。
み-37-3

時の罠
辻村深月・万城目　学
湊　かなえ・米澤穂信
辻村深月、万城目学、湊かなえ、米澤穂信——綺羅、星のごとく輝く人気作家四人がつづる〝時〟をめぐる物語。宝石箱のようにきらめく贅沢な、文庫オリジナル・アンソロジー。
み-44-30

カブールの園
宮内悠介
カリフォルニアのベンチャー企業で働く日系三世のレイ。祖父母がいた強制収容所跡を訪ねたレイは問う——世代の最良の精神はどこにある？　三島賞受賞の鮮烈な感動作。（鴻巣友季子）
み-60-1

あ・うん
向田邦子
神社に並ぶ一対の狛犬のように親密な男の友情と、親友の妻への密かな思慕が織りなす情景を、太平洋戦争間近の世相を背景に描く。著者が最も愛着を抱いた長篇小説。（山口　瞳）
む-1-20

隣りの女
向田邦子
平凡な主婦の恋の道行を描いた表題作をはじめ、嫁き遅れた女の心の揺れを浮かび上がらせた「幸福」「胡桃の部屋」、絶筆となった「春が来た」等、珠玉の五篇を収録。（浅生憲章・中島淳彦）
む-1-22

TVピープル
村上春樹
「TVピープルが僕の部屋にやってきたのは日曜日の夕方だった」。得体の知れないものが迫る恐怖を現実と非現実の間に見事に描く。他に「加納クレタ」「ゾンビ」「眠り」など全六篇を収録。
む-5-2

レキシントンの幽霊
村上春樹
古い館で「僕」が見たもの、いや、見なかったものは何だったのか？　表題作の他「氷男」「緑色の獣」「七番目の男」など全七篇を収録。不思議で楽しく、底無しの怖さを感じさせる短篇集。
む-5-3